朱桂著

黃霧

三民書局印行

中華民國五十八年五月初版

黃霧

特價新臺幣貳拾伍元

著作者　朱桂
出版者　三民書局有限公司
發行所　三民書局有限公司
臺北市重慶南路一段七十七號
印刷所　正文印刷公司
臺北市西園路一段二二二巷三一號

內政部出版登記證
內版臺業字第六六〇號

三民文庫編刊序言

書是知識的滙集，知識是人人必備的，因而書是人人必讀的；我們出版界的責任，就是要提供好書，供應廣大的需要。不但在內容上要提高書的水準，同時在價格上也要適合一般的購買力，至於外觀求其精美，當然更是印刷進步的今日應該做得到的。

知識是多方面的，社會科學、自然科學的知識，文學、藝術、哲學、歷史的知識，莫不為人所必需，推而至於山川人物的記載，個人經歷的回憶，也都包括在知識的範圍以內；這樣廣博知識的滙集，就是我們所要出版的三民文庫陸續提供的讀物。

在歐美日本等國，這種文庫形式的出版物，有悠久的歷史及豐富的收穫，人人愛讀，家家傳誦，極為我們所欣羨。近年來我國的出版界，在這方面亦已有良好的開始；我們願意站在共求文化進步的立場並肩努力，貢獻我們微薄的力量，參加這種的行列。我們希望得到作家的支持，讀者的愛護，同業的協作。

中華民國五十五年雙十節

三民書局編輯委員會謹識

目錄

華家嶺鬬狼記

過了年，一晃又過了十五，接着二月二也來了。經過一個月的吃喝玩樂，也有點膩了，還是歸還原位，各安本業，農人下田，商人開市，學生上學。「二月二，龍抬頭。」地上開始解凍，中午豔陽高照，冰雪融解，滿地泥水橫流。舊棉襖在身上覺得特別笨重。太陽一偏西，陣陣寒風過處，地面上又結成一層薄薄的冰。向陽處的山桃花，已有一枝兩枝冒出花蕾，性急的小草，開始向外探頭，在陽光映照下，眞是「草色遠看近却無」。柳條兒遠看發青近看透紅，隨風擺呀擺地。各種蟄伏的蟲蟻也都蠢蠢欲動。

三十年前的這個季節，在一個春寒料峭的早晨，我離開甘肅平涼的老家，踏上征途，開始了流浪生涯。抗戰時那種交通艱難的苦狀，眞是一言難盡。託人情，請吃飯，費了九牛二虎之力，才買到一張車票。四十二個人擠在一輛逾齡的道奇卡車上，各人行李放在各人的屁股下當座椅，頭頂則一任風吹日曬雨淋。車子開出平涼西門，聲音就有點異樣，好在路面冰凍，光滑易駛，勉强在那荒涼的原野上牛步。到了中午，冰雪融化，泥濘遍地，過了蒿店，車子終於拋錨了。司機慢條斯理地修，客人焦急地等，好容易修復行駛，沒多久又停止不前，這樣走走停停，修修推推，眞如打油詩說的：

「一去二三里，拋錨四五回；修理六七次，八九十人推。」

凍冰狐狸消冰狼，這時正是狼羣出沒的季節，萬一不幸夜晚拋錨在六盤山上，那可要膏狼吻了。還好，在三關口大修一次以後，居然再未拋錨，當太陽下山時總算翻過六盤山，摸黑兒開到了靜寧。爲了希求旅途平安，我們同車四十二個人湊份子請司機吃了一頓飯，我還另外加送了一個「靜寧州的鍋盔」。到底還是酒菜的魔力大，第二天不到八點半，司機就爬起來修車。大家由清晨七點鐘等起，等到十一點，這才上車出發。由隆德到靜寧，是一條河谷，靜寧以西，便開始登上那四十里不見烟火的華家嶺。早春的太陽還是那麼後力不繼，一過中午便顯得有氣無力，陣陣寒風，刺得人手臉發疼。

糟糕！車又拋錨了！這裡前不着村，後不把店，中無行人。在空無所有的原野上孤伶伶地一輛車子停在那裡，淒涼無助地目送着夕陽下山，誰能把太陽拴住多好。啊！狼！一隻、兩隻、三隻，三隻大狼，拖着大尾巴，張開血盆大口，露出森森的利齒和血紅的舌頭，在車子附近往來奔馳。還不時停下來往車子這邊望望。大部份的人還不瞭解事態的嚴重，好奇地望着這幾個動物，有的人還硬說是狼狗，並且一廂情願地推論，「這裡既然有狗，附近必有人家。」同車的王君是由東南特地趕到西北來獵老虎的，急忙從行李中取出他那支雙管獵槍，裝上僅餘的兩顆子彈，爬在路邊瞄射，根據我以往放羊的經驗，沒有足够的彈藥，還是不要向狼羣開槍的好，假若有的狼受傷未死或是僅射死一二隻，其餘的狼羣往往會拚命報復的，我把這層意見向王君述說。他對我這個土包子的意見嗤之以鼻，「砰！砰！」兩聲，果然槍法高明，一隻狼跑了兩步倒下去了，其餘兩隻一溜烟跑得無影無蹤。大家暫時忘了等車的焦急，圍攏起來看王君剝狼皮，司機也停止修車，擠上來看熱鬧。那隻死狼和狼狗一模一樣，躺在地上一點威風也沒有。有人說可惜這裡沒有柴火，不然烤狼肉吃多麼「羅曼蒂克」。

高原上的黑夜來的特別快，太陽還未下山，月亮就已升起。一鈎新月高掛在冰冷的天空上，陣陣寒風吹得人毛骨悚然，山頂的積雪在月下更顯的荒涼，「明月照積雪，北風勁且哀。」附近無一戶人家，車子又無法走動，這漫漫長夜，不知如何打發，飢寒之外，還有一種無名的恐怖。有人懊悔不該乘這一輛車，有人抱怨路局當初不該賣車票給他，有人說不該急着上路，今天就該在靜寧把車修好了再走。總之，都是別人的錯誤害得他受苦受難。幸而我在靜寧買了三十多斤「

鍋盔」，還有從平涼帶來的兩大盒醬筍，這些本來準備帶到蘭州去送人，如今成了大家救命的糧食。吃了鍋盔醬菜，肚子是塡飽了，可是口渴的更厲害，路旁的積雪上面都蒙上厚厚一層黃土，唯有找一兩塊小冰含在口中聊以止渴。

忽然，一陣淒厲生硬的嗥聲從遠傳來，啊！是狼嗥！起初只有兩三聲，接着此起彼落，四面八方，山鳴谷應。也不知有多少，更不知從那一個方向來的。大家嚇得六神無主，有人往車上爬，於是大家一窩蜂爭先恐後地往車上擠。像遇見狼的羊羣一樣，拚命圍擠成一團，死命把頭向裡面擠，屁股留在外面也顧不得了。嗥聲越來越大，模模糊糊可以看見狼羣的影子了，一隻，兩隻，三隻，四隻……不知道有多少，起碼在一百隻以上，牠們嗥叫着，慢慢向車子包圍來。怎麼辦呢？全車中數我年紀最小，當時說是十六歲，過了十五歲生日還沒兩個月。平常在家裡常常上山放羊，多少還有點對付狼的經驗。人在慌亂中最易接受別人的領導。我也不知道那裡來的勇氣，叫司機開車燈，按喇叭。刺眼的燈光和巨大的喇叭聲果然收了效果，狼羣受了驚，紛紛逃竄。

驚魂乍定，我勸王君把狼皮和狼屍移往遠處，以防狼羣聞着氣味再來。我們的「獵虎英雄」早已嚇得魂飛天外，混身癱軟，躲在衆人中間，連頭都不敢抬起來向外望一下，別妄想他會下車去做這些事情。我自告奮勇願去，想找一個人作陪，可是誰也不肯甘冒奇險。正在你推我拖的時候，嗥聲又叫起來了，這次比上次嗥的更大更淒厲，司機再開燈按喇叭，狼羣又退了，不過這次退得顯然比較慢，司機一個勁地按喇叭，狼羣只在遠處奔馳觀望。這樣僵持了約莫一兩個鐘頭，月亮下去了，大地更加黑暗。糟糕！電瓶的電用光了，車燈熄了，喇叭也不響了。我要了一個打火機，又從司機那裡討了些擦車的油布，把自己的行李點燃扔到車下，熊熊的火光，暫時發生了嚇阻作用，可是轉眼火就要熄了。爲了大家的生命安全，顧不得財物的損失，大家紛紛把不太重要的衣物加上去，來維持火光。除了那位「打虎英雄」外，我們四十一個人幾乎把所有的衣物燒光了，我一再提醒大家留着繩子。大家也不問理由都照着作了，最後連司機的大衣坐墊都燒光了，天還不亮，狼羣還不撤退。火熄了，狼羣由四面八方向車子圍攏來，一步一步逼進，有的人哭泣，有的人禱告，我叫大家背對背，臉向外面，每人手中拿起一根繩子，在繩子頭上打一個「套狼結」，伸出車外去擺動。這本是放羊時學到的土法子，沒有想到還眞管用，狼羣瞪着碧綠的眼睛，不住地在車子四週圍繞，可是始終不敢接近。僵持着！僵持着！好容易，天空泛起魚肚白，慢慢地太陽昇起了。狼羣這才慢慢撤走了。

大難過去之後，大家精神一鬆懈，好多人都暈倒了。一看車上，好多人嚇得屁滾尿流，骯髒不堪。太陽昇高了，狼羣也走遠了，大家還都呆若木鷄地坐在車上，誰也不敢下車走動，直到一部由薛寧開來的車子到了，大家這才得救。

黃　霧

塞上春遲。農曆三月，江南早已花事闌珊，嘉峪關外還沒有一絲綠意。又是一個颳黃霧的日子，宇宙間混混沌沌，塞滿了重濁的黃霧，好像黃河的濁流漫天遍地而來。眼前只見滾滾黃沙，分不出天地，辨不清南北，人人都說世界末日來了！

昨晚因爲心懸老柳安危，怎麼也不能入睡；荒塞茅店，那盞像鬼火一般的小油燈，過了半夜也油盡熄滅。戶外北風怒吼，細沙不住地從窗隙中飛進來，弄得人滿頭滿臉滿身都是沙；長此下去，說不定眞得要被流沙給活埋了。也不知是什麼時候，才矇矓入睡。一覺醒來，手錶上的時針正指向七點。只是一時分辨不清這是上午七點還是下午七點。照說應該是早晨，可是一切景象更像是黃昏。路上沒有行人，空中沒有飛鳥，天地間都是一團黃澄澄的沙霧。羊羣不住地在羊圈裡哀鳴，馬匹不安地在棚中騷動，連那老公鷄都不肯下架，等到夥計送來早餐，這才確定是淸晨而非黃昏，不過這景象就更加使人不安了。

店掌櫃好心勸我再住一天，等風住塵息了再走。可是自從昨夜打聽出老柳的行蹤後，心中一時一刻都不得寧靜，恨不得立刻揷翅飛向前去截住他；我不能只是因爲怕風，坐視那好心的老人爲我去冒生命的危險。

走出安西（甘肅省的安西縣）城門，從四面八方湧來滾滾黃沙，立刻把我這一人一騎完全呑沒了。我好像陷身黃河的濁流中，用盡目力，也只能模模糊糊看到周圍幾尺內的地面，其餘完全是一團混沌。素來最聽話的馬兒也趦趄不前，一再掉頭想向回跑。走了一點多鐘，才到疏勒河畔，滾滾黃流雜着冰塊向西奔馳。傳說，喝了疏勒河的水，這輩子就休想再東歸了。我後悔剛才沒有聽店掌櫃的話，等風住了再走。這時眞想掉轉馬頭回去。馬兒也像瞭解我心意，停在河邊，一步不前。一想到老柳，一想到那個爲我準備捨身的老牧人，我咬緊牙關，狠狠地加了一鞭，渡河西去；今後的一切，唯有聽天安排了！

天道眞是冥冥難測。人們所擔心的禍事常會發生，而盼望的幸福却常會落空。半年來，我從雲端跌落汚泥，從三十三天打入十八層地獄。誰會想到像祖父那麼壯健倔强的人會突然逝世。他根本就沒有想到自己會死，對於身後事從來沒有安排過。家裡的財產和銀錢往來，除了他老人家外，誰也不清楚；他的腦子就是一個活賬簿，任何文字紀錄都沒有。他又是那末相信別人，任何重大事件都只憑一句話。房產地契都不肯訂立，旣或立了，也隨便交由用人經管。他似乎不知道天下還有人會欺騙人。他這一下突然撒手人寰，眞成了人亡家破。等到我由北京聞訊趕回蘭州，關內幾處生意和房地產，都由那些管事人盜賣捲逃一空，只剩下一個老媽子和幾個不相干的人守着靈柩。辦完喪事後，聽說關外還有一個駝廠和兩羣綿羊。這些更沒有任何產權證明，平常只憑當事人一句話；如今祖父死了，不知道他們還會不會認賬？抱着冒險一試的心情，我隻身遠走關外，在南山下找到了老柳。過去我們兩人從未謀面，如今更無任何證明文件；只憑我長得有幾分像祖父，他便把對老主人的忠心一股腦兒移注到我身上。他除了立刻爲老主人設靈開弔外，還在靈前把所經管的財產交割得清清楚楚。同時，又把另一個牧場的主持人找來如法泡製。我把這裡的事情拜託老柳全權處理，選了一匹老青馬，換上一身老羊皮襖，跟着過路的商隊往奇臺去察看駝廠。誰知在嘉峪關外遇上了哈匪，全隊二十四人一律慘被殺害，只剩下我和奇臺文義厚的少東家被「請財神」請去。在關外，我不認識任何人，任何人也不認識我；而且憑我這身打扮，也不像個財神，爲甚麼會被當作財神呢？心中眞是百思莫解。本來起初我也被分派到那二十四人的一堆，似乎有個跛脚的土匪向我和老青端詳了一下，不知對匪首說了些甚麼，我這才被「請」過來。

被土匪綁架着流竄了好幾天，雖然一樣也有吃有喝，可是作爲一個待宰的羔羊，那痛苦比立刻挨刀子還難過。直到有一天晚上，我一個人被單獨關在馬棚中。半夜裡，那個跛脚的土匪悄悄溜進來，問我是朱向南的甚麼人？這個土匪爲甚麼知道祖父呢？難道他們之間有甚麼糾葛嗎？我也無暇深忠，老實告訴他那是我祖父；只是人已經死了，家產也光了，要想在我身上勒贖一文錢也沒有。

「啊！老東家他過世了！」那跛匪長嘆了一聲。「在關下，我一眼就看出你像老東家，而且你又騎着老青。所以才勸他們把少東家請來。老天睜眼，我王蹶子居然也作對了一件事情。」他一邊說着，一邊替我解開綁在身上的繩索。「少東家辛苦了！趕快活動活動筋骨。」他由馬羣中找出老青，愛撫地摸摸牠的肩毛，又爲牠戴上轡頭，備妥鞍韉。同時又把馬棚中所有的馬匹通通都解開；這一切使我更加糊塗，一時不知如何舉措。他遞給我一支手槍，說：「今晚他們大隊人馬奔紅柳園去了，這裡只留幾個人看守。少東家，你趕快逃走吧！」我被這突如其來的幸運震駭得儍了，半晌才說：「你放我走了，他們回來問你要人怎麼辦？你還是和我一同逃走吧！你下半輩子的生活我負責供給！」「謝謝少東家好意！」他長長嘆了一口氣，「我天生賊胚子，這輩子休想重新作人。你趕快上馬，我一拉開門，你就向我蹶脚開一槍，趕快騎馬向東跑。請替我在老東家墳上燒幾張紙錢。見了老柳，說王蹶子問候他！」我還沒有來得及回話，他一把把我扶上馬背，拿起鞭子向馬羣狠狠地抽打，馬羣被打得亂蹦亂跳；猛然把門拉開，馬羣便蜂擁奔出。身後先是一聲槍響，接着槍聲大作。就這樣，我逃出了匪窟。

王蹶子到底是甚麼人？他爲甚麼肯冒險救我呢？見了老柳就會知道了。誰知到了南山，老柳却不在了。他聽說我被綁票，已在兩天前單身匹馬去追哈匪去了。天啊！哈匪對於不合財神條件的人，一律慘殺，老柳這不是白白去送死！我不能坐視老柳爲我去送死，我要截住他，昨晚從店家口中得悉老柳直奔馬鬃山匪巢去了。那是哈匪總櫃所在地，也是一個魔王的地獄，凡是往那裡去的人，都一去無回。老柳不該冒這個險。如今更無去冒險的必要。但願蒼天保佑，我能及時追上他。

爲了怕迷途，我沿着公路一直走去，除了路旁的電線杆外，沒有一絲生命的聲息，電線杆這時成了我最可信賴的伴侶，它雖然不會講話，但我確切知道它是人們的手所栽植的。它代表着人類對荒漠的征服，也告訴我：「你不是第一個來到這裡的人類。」但是四周的黃霧越來越濃，越來越黃；我越來越覺得好像不是在地面上行走，而且掉入無邊無涯的黃流中。突然，馬兒駐足不前，鼻孔裡不住噴氣，蹄子狠命往地上刨。是甚麼使他這樣驚慌失常呢？看看前面，再看後面，甚麼都看不見啊！不由自主地打了一個寒噤，根根汗毛都聳然「立正」。硬着頭皮策馬前去。「撲！撲！」幾聲巨響，我驚駭地差點由馬背上摔了下來。幾個黑點破空飛去。老鷹，是老鷹！定睛向前面看，一輛燒殘的汽車停在路上，車旁橫七豎八躺着十幾具屍體，頭臉已被老鷹啄食得血肉模糊，有的更是腸肚外流。蠟黃起皺的皮膚，以及殘肢斷體，交織成一副慘絕人寰的景象。一個人在荒天寂地之中，突然遭遇到這種慘象，比半夜三更遇見鬼還可怕。我戰戰兢兢繞過這些殘骸斷肢，狠命地在馬屁股上加了一鞭，拚命狂奔，深恐那些屍體會追過來似的。

手錶上的時針轉了一整圈，又指向七點，那就是說我已走了十二個鐘頭，天地一團黑暗，連路旁的電線杆也消逝不見了。從安西到白墩子只有九十華里，我已經走了整整一天，爲甚麼還沒有到呢？該不是走錯了方向吧！中午我雖然吃了點鍋盔，可是馬兒卻整天甚麼都沒有吃。怎麼辦呢？後退既不可能，前進吧，前途又茫茫不可知。光線漸漸又强起來了，大概是月亮出來了吧。但是抬頭看不見月，也看不見星，只是黃橙橙地一團混沌。我孤苦無依地向前走去，猶如一個失足落水的人，很想找一個東西抓住；可是任何地方都沒有憑藉，任何地方都找不到援手。只好任它沉沒，沉沒，沉沒到不可知的深淵。

路彎處又看到電線杆，比見了親人還令人感動，眞想下馬去抱住它痛哭一場。我終於找到了憑藉。既然看到了電線杆，那就表示這一天來並沒有走錯路，但是白墩子爲什麼還不到呢？也許走過頭了。走吧！過了白墩子，就是紅柳園。走着，走着，光線逐漸亮了，模模糊糊又可看見周圍幾尺內的地面。忽然看見電線杆上有甚麼東西在擺動，一團黑忽忽的東西高掛在電線杆上。還沒有來得及看清是甚麼東西，馬兒忽然失驚狂奔，奔離了公路，奔過了山丘，怎麼也控制不住。一個跛蹶，我被摔了下來；等到爬了起來，馬兒已不知奔向何方。我放開喉嚨高聲喊叫，除了由四面八方壓來的黑暗外，甚麼回響都沒有。現在只有回到公路上去等待天明。

這裡不知道是甚麼地方，一忽兒軟沙陷足，一忽兒硬岩高崗。跌跌撞撞，連走帶爬。怎麼走了這麼久還不見電線杆，莫非走錯了方向？不對啊，剛才明明是從這面來的。是了！一定是摔下馬時轉了方向，如今是走錯了，掉頭再走，走！走！仍然沒有電線杆。心想，剛才是對的，這次才走錯了，再掉頭走走看；走來走去，甚麼也看不見。心中的恐懼已達到極點，連最後一點冷靜也喪失了。像關在籠子裡的猛獸一樣，盲無目的地走來走去。我多麼渴望能碰見一點甚麼東西，就是遇見殺人的哈匪也心甘情願，但是四週只是一團黑暗，足下全是沙石。累得人渾身疲軟，連抬腳的力氣都沒有了。口渴得要命，伸手不見五指，休息一下吧！不行，剛停下來，渾身就凍得發抖。眼皮重得怎麼也抬不起了。奇怪！我似乎看到北平住處的那張大床，希望這只是一場惡夢吧！看看就要睡着了。不是夢。這刺骨的寒風和酸痛的四肢，怎麼會是夢呢？一想到老柳，精神又振作起來了。他根本用不着去救我，萬一我被土匪撕了票，他正可名正言順地接收那兩個牧場，他爲甚麼要甘冒奇險去救我呢？這是做人的道義，也是作人的責任。不能！我絕不能自暴自棄，只要一息尚存，我要拚命掙扎。不管東西南北，盲目地向一個方向爬去，爬爬停停，停停爬爬。也不知過了多久，四週由黑變黃。大概是天亮了吧，口渴得要命，胃裡陣陣翻騰，一直想吐；除了掙扎得腸胃絞痛外，甚麼也吐不出來。身體虛弱得只剩下一口氣，精神也陷入半昏迷狀態。我用盡一切氣力，不住地移動四肢，深恐一停下來就再也動不得了。腦子裡，一忽兒想到了關內的春暖花開，一忽兒又想到祖父的靈柩，一忽兒又空洞洞地一無所有。只有一點求生的意念支撐着我向前掙扎。每爬進一寸，都感到萬分困難。生與死不住交戰，死的誘惑越來越比生之意念增强。只要不再動彈，就可馬上死去；要想死裡求生，多麼艱難啊！雖然我不斷地想到死了算了，可是我還是硬撐下去。光線又逐漸昏暗，轉眼黑夜來臨。這一夜大概就是我生命旅程的終點了吧！

「汪！汪！」幾聲微弱的犬吠，從遠方傳來。啊！好了！有人了！精力突然大增。一邊疾爬，一邊大聲喊叫。犬吠聲越來越清晰，隱約還可聽到牛羊的叫聲。這是多麼親切的「仙樂」啊！猛力地爬，發狂地叫！一條狗跑來，對着我直吠，接着一個頭戴火車頭帽、身穿老羊皮襖的牧人出現在眼前。「救命！水！水！」我講了這句話後，便暈了過去。

睜開眼睛一看，我正睡在一個破舊土屋的炕上。炕前站了好幾個人。我也無力細看。他們給我餵了幾口牛奶，我又昏昏入睡了。醒來一看，艷麗的陽光從窗隙中照射進來；黃霧散了，風也住了。麻雀在窗外「吱！吱！」地叫着，宇宙中到處是生命的躍動。難道這是作夢嗎？摸摸酸痛的四肢，咬咬口唇，不是夢，這是眞實的事實，我得救了。但是，這是哪裡呢？昨天好像遇見了一個牧人，一定是他，是他救了我。正想爬起來，一個中年男子走了進來。我掙扎着想起來向他致謝。他一把攔住我：「你躺着吧！你已睡了一夜。聽你夢中一直叫老柳，先生你姓柳吧！」「謝謝你！」我回答着，「我姓朱，是從安西來的。這裡是甚麼地方？」從談話中得悉，這裡已是白墩子以西六十五里的紅柳園。昨天下午主人到河邊去「飲牛羊」（趕牛羊去喝水），因狗吠才發現我，抬回來救治。說着，他又端來了一大碗熱麵條讓我吃了。吃飽之後，精神好多了。正準備辭別這裡的主人去客店打聽老柳的消息。一個小孩子領着老柳走了進來。親人見面，不禁相抱大哭。

原來老柳前天住在紅柳園店中，半夜裡老靑馬獨自跑到店裡去，店家正在奇怪，老柳起來一看，見是老靑，一時竟搞不清是怎麼回事，以爲我在這附近出了事故：「逃出了匪手！」「被土匪撕了票？」「或者老靑獨自跑了出來？」於是僱人分頭在附近找。已經找了一天一夜。聽說這裡救起一個人，所以特地跑來看。天幸竟在這裡相遇。我也簡略地講述了一下逃出匪巢的經過。「王蹶子會做出人事！」老柳有點不相信地說。「我眞把他給看扁了。」原來王蹶子是祖父當年在關外收容的一個哈薩克。留在牧場裡看羊。他懶惰、酗酒，還吸大烟，常常把牧場的羊偷着賣錢花用。在牧場工作了三年，因爲一再偷竊，才被老柳開革。想不到一個開革的佣人竟救了我的性命。

這次我雖然差點喪了命，可是由此也使我認清了文明與野蠻、外表和內在的不一致。我寧願外表野蠻而保留一點人性，却不願披着文明的外衣暗地裡盡作些令人齒冷的壞事。因此，我便留在關外，長期與牛羊爲伍。

西北古城平涼

從蘭州東行，翻過六盤山，出了三關口，便是我的故鄉——平涼。這裡西距蘭州，東距西安，都是八百多華里，正好是西北黃土高原的心臟。

黃土高原據說是由西北風中所挾帶的黃土堆積而成。這裡的黃土層厚達四五十丈，由此可以想像到風中挾帶的黃土之多了。每當冬季黃風來臨時，宇宙一團混沌，到處都瀰漫着滾滾黃沙，比黃河的水還要重濁。

黃土高原本是一望無垠的平坦原野，因爲常年雨水冲刷，地面冲出無數條深濶的河谷。家鄉人把高原叫做「原」，把河谷叫做「川」。從平涼到涇川的涇水河谷，東西長二百多里，南北濶五六里，是從陝入甘的孔道，也是平涼縣的精華地區。

涇河水淺流急，在平涼縣境很少有灌溉的設施。這裡雨水不多，只有冬季的積雪和秋季的淋雨，才能給焦枯的植物以相當的滋潤，春夏兩季雨水非常稀少，有「春雨貴似油」之諺。經過兩千年不斷地砍伐，到處都是童山濯濯，眞是：「有水不見舟，十山九禿頭。」

川裡地下水深藏六七丈以下，高原上不到幾十丈以下，是找不到一滴地下水的。從地面上挖下去，兩三尺以下，全是乾燥的黃土，只有地面的一層略微帶有一點水分。川裡的用水全靠鑿井或泉水供給，住在高原上的人家往往要到十幾里以外的山谷中取泉水來食用。

有些山居人家，還備有水窟，在地下挖掘一個瓶形的大窟，上口直徑約一市尺，下部直徑約五六丈，深約兩三丈，四週用石灰築緊，以防滲漏，每當下雨時，把雨水收集窟中，密封珍藏，以備乾旱之時使用，這些地區，往往以水窟的多少來判斷家產的貧富。

高原地區，隨處都築有蓄水池，叫做「澇壩」，將雨水貯積起來，以供牛羊飲食和洗滌衣物之用。這種「澇壩」只有初春溶雪或落雨季節才有水貯，天久不雨，便都乾涸。新式的水井在這裡還沒有，人們都用土法掘井，在井上裝置轆轤汲水。

土壤是相當肥沃的，只要有水，便不愁沒有好收成。平涼縣城北門外一帶，築渠引涇水來轉動水磨，同時也用餘水灌田，所以那一帶仕木葱蘢，物産豐富，有小江南之稱。大陸淪陷前，曾有人建議，把洮河築壩引上華家嶺，穿過六盤山，導向董志原，這個計劃倘若實現，隴東一帶，將成爲西北的穀倉。

這裡全靠天吃飯，雨水充足的年份，一年收穫足供數年之用，倘遇乾旱，便顆粒全無。民國十八年大旱，整整三百天點雨未降，餓死的人不知有多少。農民們平日無不廣積糧穀以備不時之需。爲了防盜防兵，大家都用窟藏，在地下挖一個口小底大的瓶形大窟，四週襯以麥稈，糧食貯藏其中，可歷時幾十年而不霉爛。

西北冬季酷寒多風，夏季乾燥鬱熱，更兼木材奇缺，大多數民家都居住土窰。土窰也有各種形式：靠山人家，把山崖削平，上面挖出一排整齊的山洞，窰洞都呈拱圓形，寬約五六公尺，正中高約六七公尺，成弧形向下，深度一般都在十公尺左右，前面有門有窗，活像美軍的活動房屋。窰內壁上塗抹白石灰或黃泥，因爲西北天氣晴朗，窰內光線相當充足。

有的人家還在窰上再挖一個窰，這種窰上距山頂，下距地面都有幾十公尺，只在下層窰洞後進上面開一個井形圓洞直通上面，用活動梯子上下，一遇急難，全家人登上高窰後，把梯子吊上，再用巨石堵住洞口，便固若金湯。這種窰上窰叫做「高窰」，又叫做「窨子」。同治回亂的時候，這種「窨子」曾全活了不少人的性命。

在高原上有一種「地坑」，在地面上先掘一個長方形的深坑，坑的四壁，再挖窰洞，坑的一邊挖一條斜洞，通往地面，作爲出入門戶。遠遠望去，根本看不出有人居住，只見縷縷炊烟，由地下升起。

西北酷寒，由立冬到驚蟄，氣溫都在零度以下，三九天更冷到零下二十多度。家家戶戶都睡火炕。火炕一般長六尺濶一丈，四週圍以磚牆，牆上開一小門。上面覆蓋木板或薄土坯。冬季於炕下燃燒煤末或牛糞，睡在炕上，滿室生春。富戶人家縱有高樓大廈，但居住起來，還是窰洞冬暖夏涼，住得舒服。一切狂風暴雨，飛機炸彈，都奈何它不得。

有一首打油詩說盡土窰的好處：

君子來到我家堂，休笑我家沒有房；

土窰好比神仙洞，冬天暖來夏天涼。

隴東一帶降霜較早，棉花尚未結實，便被嚴霜殺死，所以不產棉花，布匹全由陝西河南輸入。入冬酷寒，中年以上的人，要靠皮襖禦寒。皮襖的原料，絕大多數是羊皮，這裡農家，家家戶戶都養有或十或百的羊羣，除了剪毛、吃肉、取皮外，還靠羊羣來造堆肥，羊糞在這裡是最佳肥料。羊有山羊綿羊之分，山羊黑色，毛皮肉均不甚佳，綿羊色白，毛肉俱佳，皮襖大都是用綿羊皮製的，約略可以分爲三種：

㈠老羊皮襖——用老綿羊皮製成，毛長皮厚，堅固耐牢，最能禦寒，只是過於笨重。有些貧苦人家，用老羊皮製成皮襖，外面不罩布面，叫做光面皮襖，雖難看，可是堅固實用，一般看羊的、趕車的、和拉駱駝的，都穿這種皮襖。

㈡羔子皮襖——用三四個月的羔羊皮製成，綿羊長到三四個月時，羊毛潔白細長，毛端天然長成一圈一圈，煞是好看。這種皮襖，既輕且暖，任何皮衣，都沒有它好。

㈢血羔皮襖——這是一種非常名貴的皮貨，當母羊懷胎足月時，剖腹取出小羔，毛皮細潤平滑。一般都由天津輸往歐美，國人甚少着用。

羊毛氈也是家家戶戶必備品。把羊毛像彈棉被胎一樣彈成氈胎，澆以沸湯，裹於擀杖上，一面澆沸水，一面擀揉，使其黏合。這種毛氈，不但可作被褥，還可縫成衣服。蘇武「渴飲雪，飢吞氈」，大概吞的就是這種東西。

平涼的農產分夏秋兩穫：夏穫有小麥、豌豆、芸苔。小麥於八月中秋以前下種，次年端午節以後收穫，因爲在田中歷經四季，深得地氣之厚，吃起來甜香可口，勁道特別大，是這一帶農民的主要食物。豌豆作爲驢馬飼料，人吃容易肚子發脹。芸苔榨油，點燈照明，火力特旺，食用不甚相宜。

秋穫以高粱、大豆、糜子、穀子、蕎麥等爲主。糜子、穀子都是黍類，禾穗像貓尾巴者叫穀子，禾穗散開者叫糜子。糜子有赤白黃紅數種，碾成米都是黃色，所以叫黃米。穀子米叫小米，這種米油質多，營養豐富。婦女生孩子坐月子，每天只喝小米粥，便奶水充足，身體迅速復原。

糜子芒種下種，寒露收穫，是平涼農民的第二主食。農民早餐都用黃米煮成厚粥，最能充飢耐餓，所以有「要暖穿皮子，要飽吃糜子」的諺語。黃米磨成粉還可以作糕，金黃鬆軟香甜，比蛋糕的滋味還長。還有一種蕎麥，磨成粉，作「活絡」、煎餅，或作涼粉，別有一番滋味。高粱大部分用於釀酒或飼養牲口，貧寒之家，也用來充飢。高粱粉色紅質粗，吃起來頗不對味。

從前譏笑教書匠爲「廣文苜蓿」，苜蓿是一種多年生草本，開紫色小花，嫩芽可作蔬菜佐食，莖葉飼養牲口。像割韮菜一樣割去莖葉，根部不久又可長出新芽，繼續長莖生葉，是民間最普遍的蔬菜和牧草。相傳漢時由西域輸入。監委曹啓文鄉前輩曾在臺灣北投山地試種過，似乎沒有成功。

夏天農家用麵湯泡蘿蔔葉製成「漿水」，用以煮麵，滋味深長，還可以解毒消暑。

冬季積雪溶化後，草地上到處都是木耳，鄉語叫「地軟兒」，又叫「無根菜」，採作佐料或包餃子，鮮美異常。

香菇山中處處皆是，經由寧夏綏遠出口，便是馳名的「口蘑」。

春天麥田中長滿薺菜，窮家兒童用小刀挑下運往城中販賣，初春的早晨，城中到處可以聽到「薺芽兒——菜」的叫賣聲。

胡核、紅棗，在臺灣都算名貴乾果，杏仁更論「錢、分」來賣，平涼這些東西簡直算不了甚麼。

胡桃樹樹榦修直，葉形巨圓，春季開花，花形似柳絮，果皮青色，皮內有一層硬殼，殼中才是胡桃仁，到了八月中秋，果實成熟，普通每個都有鷄蛋大小，個個仁飽油多，香脆可口。胡桃仁除了當作乾果之外，還可以榨油。胡桃油拌涼麵，那個香勁，想一想，就會口頰留香。胡桃木製成家具，更是名貴非凡。不過胡桃樹生長較慢，普通一顆樹要十幾年後才能結果。

棗樹更是家家栽種，種類很多，有一種馬牙棗，形似橄欖，皮薄核小，香脆異常，一到深秋，滿樹金黃殷紅的棗子，棗樹葉子落光了，棗子還高踞枝頭。還有一種野生的酸棗，生長山上路邊，果子僅有指端大小，味道略酸，小孩子採來食用。

桃杏梨更是普遍，杏子黃時，人們吃不勝吃，又不懂得作罐頭製杏乾，一任它成熟墜落，把羊羣趕到樹下，讓羊吃掉果肉，把杏仁收集起來晒乾出售。

最近有人把枸杞當作延年益壽的聖藥，精心培植。平涼農民則視枸杞爲最可惡的厭物。田裡長上枸杞，任怎麼剷鋤，都除不盡，田邊荒地的枸杞長到一人多高，秋季結實，圓的像珍珠，一粒一粒鮮紅欲滴，大小像印度櫻桃。孩子們把它採下來，晒乾磨粉，加入麵湯中像辣椒一樣鮮紅。不慣吃辣椒的人，便用枸杞子粉來增添麵食的顏色。

甘草像小孩手臂粗細的比比皆是，農夫們挖來當柴燒。大黃、麻黃，遍地野生。還有一種「

止血草」，那裡受傷流血，只要把「止血草」搗爛敷上去，立刻止血止疼。不出三天，傷口便平復如初。

冬天，天寒地凍，蟲獸蟄伏，草木落葉，原野上空蕩蕩地，全無一絲綠意。一場大雪，頓時粉裝銀琢。這正是打獵的季節，野雞兎子，身上黏了冰雪，飛不動，跑不快，幾個人四面圍剿，準可抓到活的。不過獵人們的興趣却在狐狸和狼。狐狸狡猾機警，最難獵取，每當出太陽時，狐狸習慣在向陽的土坡上溜滑梯，爬上去，溜下來，再爬上去溜下來，這時候，狐狸的主意最多，要想射獵，絕打不到。只有把牠驚起，趁牠驚惶失措時，才能射獲。

狼羣更是成十成百，狼有一個特殊習性，欺軟怕硬，你退牠進，你進牠退，遇見狼千萬不能示弱，更不能彎腰，狼不畏棍棒，最怕繩索。狼頭最堅硬，腰腿比較脆弱，所謂「鐵頭、痲桿脚、豆腐腰。」狼皮作墊褥最能防潮。

農曆四五月，常常突降冰雹，當地叫做「白雨」。本來麗日當空，萬里無雲，中午過後，突然一朶烏雲升起，接着大量冰雹便從天而降；厲害的時候，所有農作物都被打的精光，甚至毀房屋，傷人畜。故鄉父老爲了對付這種從天而降的大禍，每當烏雲升起，便用舊式銃炮，滿裝火藥，登上山頂，對着雲頭轟擊。這種銃炮，長約四五尺，直徑約一尺左右，由前端炮口裝入火藥，炮後膛有一小火眼，引火點燃。轟然一聲，說也奇怪，雲層若被炮火打中，不是散開，便是轉向，往往可以免除冰雹之災。尤其當小麥快要成熟時，每一個山頭上都擺着巨炮，隨時準備和老天爺作戰。

一到深秋，大地變成了染缸，樹葉子，紅的、黃的、紫的，各種顏色，應有盡有。秋高馬肥，牧童們拿着長鞭，在山頭上，比賽誰的鞭子打的最響。農夫們都忙着收割，雁陣過後，便又進入了冬季。

史記五帝本紀說，黃帝的疆域，西到崆峒山。崆峒山在平涼縣城西邊。距縣城約三十華里，涇河流經其下，山脚下河邊有一座小廟，相傳是黃帝和廣成子論道處。山上長滿蒼松翠柏，其中以馬尾松最多，清風過處，松濤籟籟，松子肥大，可以療飢，用松子燒火熔松上積雪沏茶，眞是人間仙品。山崖上有玄鶴洞，住有兩隻仙鶴，鶴嘴鶴腿和翅膀外沿，已成黑色。古老相傳，梁時已見此仙鶴，算來少說也有一千年了。山上每日晨昏，大霧如水銀，如凝脂，山僧有「補衣時剪飛來雪」之詩。山分中東西三台，東臺大雄寶殿的羅漢像爲唐代楊惠之所塑。壁上畫像，皆爲唐人所作。明代七子李夢陽的題詩，和明代平涼狀元趙時春的題字，在這裡算是最晚近的遺蹟。

平涼縣城北門外，柳湖書院，湖水清澈，環湖萬柳叢聚，景物宜人，入民國後改爲隴東師範。北沙石灘，爲回敎徒聚居之處，那裡的羊肉泡饃比長安的更好。長安的羊肉泡饃店都是平涼回敎徒開的。

北門外遍植百合，每當開花時，大地一片錦繡。平涼的百合，大如拳頭，熬百合小米粥，既滋補，又美味。

這裡曾經是西秦的首都，唐肅宗復興的起點，這裡也曾經作過左宗棠西征的糧台。復國聖戰勝利後，經營西北，她仍將扮演重要角色。

陸都蘭州

一般人往往把甘肅省當作西北邊疆，其實我國疆域的幾何中心在河西走廊的武威，而甘肅省會蘭州還在武威東南二百五十多公里，甘肅省東境的涇川又在蘭州以東四百八十多公里。

蘭州因爲接近全國幾何中心點，所以 國父在實業計劃中要把這裏建設成陸都。從這裏經河西走廊入新疆，是古代著名的絲道；西入青藏，東北通寧綏，南接四川，東連陝西，在地理位置上占盡了形勢之要。這裡古爲禹貢雍州之地，秦屬隴西郡，漢爲金城郡治，可以說是我國開化最早的地區，由辛店出土的彩陶文化遺物推算，早在西元前二千五百多年，華夏民族就在這裡繁衍生息。

蘭州位於臯蘭山和白塔山之間，是一條東西向的狹長平原。黃河由河口入境，向東流經城北，至東崗鎮。折而北，出桑園峽。蘭州城緊靠黃河南岸。城在光緒初年，左宗棠曾經利用兵工大事修葺過一次，內城全長二千二百多丈，城牆高三丈七八尺，底寬十丈二尺，頂寬八尺。內城之外，東南西三面都有附廓（外城），當地人叫做關。各關多是回族同胞聚居之所，南關的清眞寺規模宏大，擁有兩座「呼拜亭」，是甘肅省境內最大清眞寺之一。

城西十多里的山上，有一座滿城，爲清代旗兵駐紮之所，今已荒廢。再西到洮河黃河滙合處，還有一個西古城，據說是漢代古城的遺跡，抗戰時闢爲軍用飛機場。

蘭州城南臯蘭山下，林木茂盛，有五個清泉由山下湧出，景物絕佳。臯蘭理學大師劉爾炘於此構築亭台樓榭，這就是鼎鼎大名的五泉山，抗戰時第八戰區司令長官部卽設於此。劉爾炘是一代理學大師，又是首任蘭山書院院長。學術醇正，尤工書法。其所建五泉山亭樹，頗富幽雅意趣。

五泉山下，顏家溝東，有水家花園，亭園設計，全仿紅樓夢大觀園格局。五泉山西，有中山林，遍植榆樹，樹下設露天茶座，爲蘭州最佳游憩之所。

城東、黃河中心有一小島，名曰雁灘，設有農業試驗所。島上綠樹成蔭，島週河水環繞，僅靠皮筏通渡，風景絕佳。

西關外，阿干河上有一臥橋，全用木材依槓桿原理造成，橋長四十餘公尺，無一樑柱，誠爲工程上一大奇構。過臥橋，西南山上，有九間樓，廻欄曲折，抗戰時爲委員長行轅，西望西果園，俯視黃河，視界極爲遼濶。

黃河濁浪滾滾，如萬馬奔騰，水深流急，無法行駛舟楫，早先用幾十艘木船連接搭成浮橋，以通河西靑藏，直到清末才由德商泰來洋行承包建造鐵橋一座，自光緒三十三年二月動工，至宣統元年六月始完成通車。橋長七十丈，寬二丈二尺。橋北正對白塔山，山下卽古金城關，形勢異常險要。因爲有白塔山掩護，抗戰時日機曾處心積慮地想炸掉這座橋，可是始終未能得逞。

除了鐵橋之外，黃河南北兩岸間之聯繫，全靠羊皮筏。製筏的羊皮不開膛，整胴剝下來，把頸部和四肢的斷口紮緊，吹入空氣，製成革囊，用粗如拇指的棗樹枝橫直交叉綁成一個六尺見方的木架。木架下綁上十三個滿貯氣體的革囊，照四五四的比例排成三行，這樣便成了一個皮筏。在滾滾的河流上，坐着皮筏，載沉載浮，那種輕靈飄浮之感，非身歷其境者所可想像。尤其當月白風淸之夜，約二三知己，乘坐皮筏，由崔家崖順流而下，直趨雁灘，眞有達摩老祖一葦渡江之概。

還有一種牛皮筏，是專走長程的，由幾百個滿貯氣體的牛皮胴組成，用巨大木材連結，和南方的竹排差不多。黃河由貴德以下，夏河由臨夏以下，洮河由臨洮以下，都可以駛行牛皮筏。牛皮筏僅能順流而下，貨物運到地頭，便把皮筏拆掉，用騾馬把牛皮胴運回來，再行使用。黃河水流湍急且多險灘，一路上頗多驚險之處，如「煮人鍋」、「洋人招手」等，眞是驚險萬分。

黃河在蘭州一帶，因河谷深，水流急，無法築堤引水，當地人民使用水車汲水灌溉。蘭州的水車眞是一種奇觀。在河邊豎起兩支高架，架上裝置一個巨大的木輪，木輪的一部分淹在水面下，木輪外圍裝置許多木板和水戽。河流沖動木輪，戽中注滿河水，當水戽轉到最上邊開始下降時，戽中貯水便倒入水槽中，引到岸上去灌溉。蘭州附近很少新式麵粉廠，磨麵粉都使用水磨，先將河水引到高處，使其由上而下，造成落差，在水面平置木輪，由水力轉動木輪，輪軸上裝置磨盤，這種古老的機械早在明代就已普遍使用。

蘭州的地下水苦鹹不能食用，居民都飲用黃河的河水，有一種專門以賣水爲業的人，用水車到黃河去載水來沿街叫賣，這種河水好像黃泥漿一樣，一桶水中最少也有一二斤黃泥，不過稍加攪動後，很快就會澄清，而且非常香甜可口。

皐蘭、景泰、永靖、永登、洮沙、靖遠等縣，大部分土地都是鹼田，鹼性過重，更兼雨量稀少，空氣乾燥，水份蒸發過快。當地農民用井沙、河沙、窪沙或溝沙，鋪在地面上，以解消鹼性，同時保持地下水份，以防蒸發，又可增高地底溫度，這種田叫做砂田。砂田的發明，距今已有一百多年，當百多年前，甘肅大旱，赤地千里，野無綠色，有田鼠竊儲麥糧，遺留地上，行人往來行走，帶覆砂石於其上，至次年則見發苗蓬勃，結實繁盛。農夫乃起而倣法，於地面上鋪覆鴿卵大小的砂石一層。結果成績異常良好，大家乃羣起仿效。田地鋪一次砂，可耕種六十年，前二十年叫做新砂，效果尚不十分突出，中二十年叫做半刃砂地，收穫最豐，末二十年叫做老砂地，收穫便很差了，必須另換新砂。所以當地有這麼幾句諺語：「做死老子，富死兒子，窮死孫子。」

砂田種植瓜類最爲相宜。蘭州的西瓜，糖分高，瓜瓤沙，平均一個西瓜都在二十斤左右，臺灣最好的屏東西瓜，和蘭州的西瓜一比，簡直成了最蹩脚的貨色，蘭州還有一種醉瓜，約莫有籃球大小，青綠的瓜皮上長滿細小白紋，瓜瓤香甜可口，入口卽刻溶化，除了香甜之外，還有一種陳年汾酒的醇香氣味。屋子擺一個醉瓜，便滿室生香，歷久不散，這眞是人間仙品，全世界再沒有第二個地方能生產這種妙品。蘭州的香瓜也香甜清脆，種類繁多。還有一種專門收瓜子的西瓜，味道和臺灣最好的西瓜差不多。這種瓜是不賣錢的，任何人都可以到瓜田中去儘量享用，只要把瓜子留下來就行了。

蘭州城西，西果園、崔家崖、阿干溝、以及黃河北岸的鹽廠堡，都是果園區。果樹以梨爲最多，每當春季梨花怒放時，到處一片香雪海，梨花本來就够潔白嬌美，更加遠近幾十里，遍地雪白，其中點綴着幾株艷紅的桃花，翠綠的垂柳，那畫面，再偉大的畫家也不能描摹出它的萬分之一。春秋之間，梨樹結實纍纍，果農們必須於每一棵樹上搭架，承負果子的重量，否則樹枝便有被壓斷之虞。蘭州的梨子，少說也有百數十種，各有趣妙，有的皮薄核小，入口融化。有的香甜清脆。還有一種「軟兒梨」，果皮漆黑，頗不雅觀。可是一旦咬破果皮，裡面全是醇香的果漿，所謂仙露，大概也不會有這麼好吃。另外有一種「吊蛋兒」，果實大小如荔枝，果皮也是黑色的。冬天放在鍋中加水煮沸，連湯帶果一起吃，不但味道鮮美，而且可治傷風感冒咳嗽。任何嚴重頑久的咳嗽，只要吃兩三次吊蛋兒，管保霍然而愈。于右老在世時，最愛吃「軟兒梨」，曾戲稱之爲天下第一妙品。于詩中有這麼兩句：「莫道葡萄最甘美，冰天雪地軟兒香。」

蘭州也出產蘋果，只是數量不多。另有一種小蘋果，叫做「花紅」。只有山楂那樣大小，果皮艷紅欲滴，香味較蘋果更濃。

從蘭州過鐵橋西行，約十餘里，便是安寧堡，這裡以產桃著名。每當花季，附近三十里桃林，全是一片花海。凡是看過安寧堡桃花的人，對於陽明山的櫻花甚至日本的櫻花，都將不屑一顧。櫻花的長處就在它的多而艷，安寧堡的桃花比櫻花更艷更多，而且還淸香四溢。將桃花瓣晒乾研碎和麵製餅，尤其香甜。初秋桃子成熟，顆粒比臺灣市面出賣的韓國桃子還大，果皮極薄，只要稍微一咬，便可一口氣將果漿吸入口內。還有一種「利核桃」，用手輕輕一捏，果實便分裂爲兩片，桃核自動掉落。

蘭州的棗子，更是種類繁多，風味絕佳。他如杏子、胡核、栗子等，應有盡有，而且無一不是色香味俱佳的妙品。

中國各地的小吃，以北平、蘇州、成都最爲著名，蘭州的小吃和上述三地相比較，毫無遜色。東梢門外的「馬保子」麵，麵條細硬光滑，勁道十足，用原汁牛肉湯下麵，味道鮮美深厚，每天由上午五時賣到十一點，過此時間以後，便不再賣。夏天黃家園的漿水麵，不但味美，而且清涼去火。

東大街高樂三的醬肉，不知道用甚麼方法，把肉醬的毫無油膩，入口即化，每天早上，一碟醬肉，兩個燒餅，一碗白小米粥，旣經濟，又美味。南大街，清眞舘的涼麵，麵片薄而光滑，尤爲清香。

牛羊肉在蘭州更是普遍，牛肉肥嫩，羊肉肥而不羶。將整塊的牛羊肉，抽去骨頭，配好佐料，用文火煮熟。叫做臘牛羊肉，由小販沿街叫賣，任由顧客挑選，旣廉價又香美。羊肉煮饃更是一絕，一般人只知道西安的羊肉泡饃，其實西安的羊不如蘭州的鮮肥，所以西安的羊肉泡饃比蘭州的似乎要差一些。還有清眞舘的牛雜碎。把牛骨、牛內臟等，混在一起，用大鍋文火煨一天一夜。味道鮮美，且富滋養。凡賣牛雜碎的必帶賣「鍋盔」。「鍋盔」，分靜寧鍋盔和天水鍋盔兩種：天水鍋盔硬而薄；靜寧鍋盔厚達三寸以上，中含水份極少，可儲藏經年而不霉，入水即刻溶化。一般平民，每日清晨，一碗雜碎，一塊大餅便算早餐。西大街的牛油酥餅，用奶油和麵製成，比太陽餅更酥。

甘肅盛產蕎麥，用蕎麵製成「和樂」，澆牛羊肉滾湯，鮮美異常。和樂是把蕎麵和水後，放入「和樂床子」壓製成圓形細條。用蕎麵製成涼粉，比綠豆扁豆所製的更爲好吃。還有一種「皮子」，把麵粉和成糊狀，平攤在馬口鐵所製成的淺盤中，放入滾水中燙熱，然後加佐料涼拌。

在沿街叫賣的小吃中，早上有「淨糕」，用糯米和紅棗製成，一層糯米，一層紅棗，一共有五六層之多，紅白相間，煞是好看。晚上則以「油茶」最受歡迎。油茶是由杏仁、胡桃、花生等製成，有一種特殊風味。

回想居住在蘭州那一段歲月，眞是一生中最美滿的日子。筆者足跡遍全國，除了北平外，幾乎沒有一個城市能像蘭州那樣，使沒有去過的人想去，去到那裡的人便不想離開，離開的人又想回去。

細說河西走廊

甘肅各地，在國際上聲名最大的要算河西走廊了。漢唐時代這裡是著名的東西商道——絲路；將來國際鐵路通車後，這裡又將是從上海到巴黎最近的捷徑。尤其自從敦煌石室發現後，全世界稍有學識的人，沒有一個不知道河西走廊的。

河西走廊是指金城關到玉門關之間的地方。金城關在蘭州黃河鐵橋的北端，玉門關是在敦煌西境的甘新邊界上。從蘭州到星星峽，全長一千一百公里。南以祁連山與青藏高原分界，北以合黎、龍首、馬鬃等山和寧夏的大沙漠相隔，形勢好像一條走廊。因爲在黃河之西，所以叫做河西走廊。全部面積約等於臺灣省的五倍半（包括永登、景泰）。在行政區劃上，分爲永登、景泰、古浪、武威、民勤、永昌、民樂、山丹、張掖、臨澤、高台、酒泉、金塔、鼎新、玉門、安西、敦煌等十七縣及肅北設治局。永登和景泰因爲位於烏鞘嶺以東，在地理及行政區劃上，一般都不能算入河西走廊。

民國三十一年以前，馬步青氏曾經在河西駐紮甚久。甘新公路卽是馬家軍兵工修築的。

從蘭州沿黃河西行，到了新城，甘新和甘青兩公路便在這裡分道。甘青公路由此西入青海。甘新公路折而西北，沿古邊牆遺跡，經紅城子至永登，一路上觸目都是紅色的大地，紅城子的圍牆便是用紅土築成的。這一帶的農田都是鋪沙田，水源缺乏，相當貧瘠。永登舊名平番，位於隴坂高原西端，盛產石灰石，將來可以發展水泥工業。由此西行，便是烏鞘嶺。

烏鞘嶺是祁連山的支脈，高度達三十公尺以上，山勢雄偉，爲河西走廊和隴坂高原的天然疆界。嶺東的河流都流入黃河，嶺西的河流都注入沙漠。因爲嶺上終年雲霧封鎖，狀若烏紗，所以叫「烏紗嶺」，後來一訛再訛，始改爲烏鞘嶺。甘新公路經烏鞘嶺山口，最高點海拔二千八百公尺。車行到山腰，大霧瀰漫，前後左右都是看不透穿不完的黑霧，快到山頂時反而雲開霧散，麗日當空。回視山下，雲霧迷離，處身雲端，冷風吹來，眞有高處不勝寒之感。嶺上有韓湘子廟，香火鼎盛，在公路未通車前，過往客商都到廟中進香，祈求神靈保佑旅途平安。

翻過烏鞘嶺，便到了眞正的河西走廊。南邊是連綿不斷的祁連山，祁連本是番語「天」的意思，言這座山高與天齊。祁連山脈的高峯，像酒泉南面的雪大坂和高台南面的庫庫依拉山，都高達五千九百公尺以上。山頂終年積雪，潔白可愛，山腰佳木葱蘢，一片翠綠，山下溝渠縱橫，牛羊成羣。北邊依次是龍首山、合黎山和馬鬉山，山勢都不很高，而且斷斷續續，山上一律童山濯濯，寸草不生，暴露着胭脂一樣的紅色岩石。左右上下，白的、綠的、紅的，互相映輝，煞是壯觀。

祁連山的寬度約達兩百公里，因爲積雪溶化成洪水，逐年沖刷，山脚下形成一條條縱深廣濶的山谷，當地人叫做溝，又叫做山口。山谷內便是最好的牧場，初夏來臨，牧人趕着馬牛羊上山牧放，秋末天寒，再趕着牲口下山，在山谷中過冬。

河西各地，除了沙漠和農田外，到處都有莎草、駱駝刺和芨芨草，這些都是牲口最喜愛的牧草。牧人趕着馬牛羊，帶着番狗出去，一任牛羊自由在荒野活動，到了天快黑時，才收回圈在圈中。番狗體型甚大，立起來有一人多高，非常兇猛靈慧，收集羊羣的工作，都由狗來擔任。

祁連山上有一種「醉馬草」，馬吃了會沉醉而死，還有一種噴嚏秧子，高約一二尺，開白色小花，人們聞到它的氣味，會連作噴嚏。倘若偶而感冒鼻子不通，聞一聞這種草，打幾個噴嚏，便輕鬆多了。

河西的牲畜除了牛羊外，驢子也特別多，這一帶的驢子體型特別小，差不多還不到一公尺高，人騎在驢背上，兩脚幾乎觸到地面。這種驢子力氣特別大，耐久力尤强。幾乎家家都飼養。河西的馬，早在漢代就很出名。漢書孝武紀李斐注：「南陽新野有暴利長，當武帝時遭刑，屯田敦煌界，數於渥洼水旁見羣野馬，中有奇者，與凡馬異，來飲此水；利長先作土人，持勒靽於水旁，馬玩習久之，代土人持勒靽，收得其馬獻之。欲神異此馬，詭云從水中出。」武帝爲了此馬曾作天馬之歌，列爲郊祀歌十九章之一。如今河西的馬和青海新疆的相似，雖不及蒙古馬高大，但俊美而善馳驅。

河西的雨量甚少，全年雨量最高只有一百二十公厘。看天田幾乎毫無收成，農田全要靠灌溉，從漢代起便在敦煌、張掖興修水利，如今更是溝渠縱橫。灌溉的水源，有河水、泉水、井水三種。大部分的河水都是靠山上的積雪融化而來。河渠的主幹叫做渠，支流叫做溝。渠寬一二丈不等，深約一丈左右，有大小閘門，調節水量。各渠都設有渠正渠長，由農民公擧，蓄水洩水都有一定的規則，輪灌有一定的次第和時刻，一般都用「燒香」來計算時間。夏季閘壩坍壞的巡查修築，枯水季節的挑濬泥沙，由渠長按糧派大，分工合作。全係民間自發組織，政府很少過問。每年灌溉約分四期：每年三月初，積雪融化，叫做春水，這是最重要的一次，農民可以任意灌溉，不受限制；四月初旬，立夏以後，各農田灌溉用水，均須依據規定的比例，不能任意使用，叫做夏水。夏水最珍貴，偶而陣雨，山洪來臨，田中多得水份，這一年定占豐收；秋收以後，各地引水澆田，以備來年春耕，叫做秋水；還有在寒露以後結冰以前，引水入田，使其結冰，翌春冰消解凍，再犁地播種，叫做冬水。河西走廊凡是有水的地方，即是一個綠洲，也就成爲人煙稠密的都市。

過烏鞘嶺西行三十公里，便到古浪縣，這裡漢代屬武威郡，唐中宗時，涼州都督郭元振築和戎城，所以舊名和戎，明英宗時始改稱古浪。全縣人口不及四萬，多以農牧爲生。礦藏特別豐富，煤、鐵、金、銅均有儲藏。城西大凹溝盛產石膏。十八盤嶺及湖塘的磨刀石細緻富黏性，最爲著名。祁連山在古浪縣境叫天梯山，山頂終年積雪，每當雪霽天晴，碧空如洗，遙望白雪皚皚，異常壯麗。號稱「天梯雪霽」，爲古浪十景之首。天梯山腰有鴛鴦池，兩池池水一淸一濁，眞是一種奇觀。

由古浪北行五十八公里爲武威。這裡古爲涼州之地，秦末爲匈奴右地，霍去病收河西後，太初元年始設武威郡。十六國時代，前涼、後涼、西涼、北涼都在這裡建都。武威附近地勢平坦，海拔約一千五百公尺，溝渠縱橫，以白羊河、沙河爲最大，水利相當發達。全縣人口約三十萬，人口之多，耕地之廣，農產之富，爲河西第一位，所以有「金張掖、銀武威」之稱。縣城西南天梯山上有一個天池，四時不涸，雄偉幽美。另外有一個石灰質的溫泉，溫度甚高，終年熱汽蒸騰。縣城附近，林木茂盛，暮春三月，垂柳千條，桃花灼灼，比那江南風景更覺有趣。縣城西北，有兩座公園，頗擅林木花卉之勝。城北有「休屠故城」，是漢代匈奴休屠王駐地。城內民敎館中藏有許多古碑，其中有一座夏元昊碑，漢文與西夏文對照，頗爲史學家所重視。羅振玉的公子就是根據這塊碑文讀通了西夏文。還有很多唐代紅花公主墓中出土之物。武威的教育文化也很發達。開唐詩先河，爲李白終身崇拜模仿對象的陰鏗，就是武威人。近代甘肅人才寥落，遜清二百六十八年，甘肅人，文不入閣，武不拜將，但是武威還出了不少的人才，像道光時曾任兩江總督的牛鑑，以五涼舊聞、姓氏五書及二酉堂叢書聞名的張澍，以及著續資治通鑑的李雲章父子，都是武威人。武威李氏宗譜是我國譜系學中最權威的作品。

武威北方的民勤縣，即古鹽澤之地，漢屬武威郡，後魏時爲武安郡。明洪武時設鎭番衛，民初改爲民勤縣。其地三面爲沙漠所包圍，由此經阿拉善旗經寧綏至平津，爲駝商大道。縣內有許多鹽池，盛產食鹽，也生產棉花，手工紡織業甚爲普遍。

由武威西行至永昌，漢爲番和縣，元置永昌路。自此以西，皆產棉花。蘑菇和髮菜，尤爲著名，髮菜爲一種野生菌類，狀如頭髮，爲涼拌拼盤的最佳材料。境內有原始森林，木材以雲杉爲主。大河壩林區是河西最大的林區，由此再西經山丹，便至張掖。山丹牧草肥美，牧場廣大，軍政部在這裡設有牧馬場。王維出塞詩「居延城外獵天驕，白草連天野火燒」的居延，便在山丹的西北方。

、張掖是河西走廊最富庶的縣份，有「金張掖」之稱，位當河西走廊頸部，南北二山相距只有五十公里，有大路直通青海，戰國時爲月氐地，漢初爲匈奴休屠王和昆邪所盤據，漢武帝收河西後，置張掖郡，言「斷匈奴右臂，張中國之掖。」北涼曾在此建都，西魏改稱甘州。本縣出產稻米，米質白軟油滑，非常可口。還出產一種白小米，摻紅棗、百合、蕨麻、熬粥，眞是滋養妙品。本縣盛產水果。把水果熬成果汁再煎成一張一張的薄餅，赤紅透明，像油紙一樣，叫做果丹，非常好吃。名貴藥材像大黃、何首烏、蓯蓉、鎖陽、鹿茸、麝香、牛黃，這裡都大量出產。本縣製造的窩窩（冬季着用的氈鞋）尤爲著名。城內東南角有甘泉，泉水由地下湧出，清澈甘甜，四季不凍，甘州便由此得名。

由張掖越臨澤、高台兩縣境，便至酒泉，爲漢武帝所置河西四郡之一。東關外有酒泉，泉水清冽，以之釀酒，芬芳無比，酒泉之名便由此而來。西涼李暠曾於此建都，隋初置肅州，所以又名肅州。本地教育相當發達，抗戰時，有曹漢章氏所創辦之國立酒泉師範，有甘肅省立酒泉師範，還有中英庚款會所辦的河西中學。縣城東北有鴛鴦湖蓄水庫，和酒泉同爲本縣兩大風景地區。

嘉峪關在縣西二十七公里，爲明初馮勝所建，明代長城即以此爲終點。關分內外兩城，關門上有城樓，登樓南望祁連，北望戈壁，關前流水碧綠，白楊參天。故有天下第一雄關之稱。關牆全用磚建築，從前出關的人，常用石子擊牆，如有回聲，將來尚有進關希望，如無回聲，必老死塞外，所以有「出了嘉峪關，眼淚擦不乾」之諺。

嘉峪關之西，最著名的便是玉門和敦煌，前者以出產石油著稱，後者以千佛洞聞名。玉門縣城東南老君廟，盛產石油，油源充沛。當初石油由地下自行溢出，土人取來點燈。同治年間始知爲石油，抗戰時着手開採，曾經有一個井中石油突然噴出，高達數十丈，積流成河，流溢數十里。可見油源充沛之一斑了。敦煌古爲東西交通要道。中外通商大都邑，玉門關陽關都在本縣境內。縣城東南千佛洞，自斯坦因從此盜取唐人手寫經卷及六朝壁畫後，始聞名於世。

嘉峪關外風物

國人安土重遷，俗話說：「在家千日好，出門一時難。」一般人除非萬不得已，是不願出遠門的。尤其往日交通閉塞，治安不良，到關外去，更視爲畏途。所以甘肅各地都有「出了嘉峪關，眼淚擦不乾」的俗諺。其實嘉峪關外的三縣和一設治局才是河西走廊的寶地。玉門的石油，安西的風，肅北的民族問題，敦煌的歷史寶藏，都是頗饒趣味的事情。

出了嘉峪關，經過一個廣大的戈壁，便到了玉門縣。南面祁連山巍然矗立，高達四五千公尺，山頂終年積雪，與天際白雲相映相接，北部馬鬃山，高度亦在二千七百公尺以上。兩山之間形成一條東西向的平坦原野，因爲雨量稀少，氣候乾燥。有水的地方，便是一個綠洲，草木葱蘢，作物暢茂，沒有水的地方就成了戈壁荒砂。

玉門，西漢時與延壽縣同爲酒泉郡屬地，但玉門關漢代係在敦煌西北的小方盤，到了唐代，才東遷到今玉門縣。唐代王之煥的出塞詩：「黃河遠上白雲間，一片孤城萬仞山，羌笛何須怨楊柳，春風不度玉門關。」詩中的玉門關卽指今玉門縣，王之煥可能沒有親歷過這些地區。嘉峪關外除了紅柳外，多的是白楊，嘉峪關前，千株白楊，蔚爲奇觀。敦煌千佛洞前的白楊林，更是茂密。關外凡是有水草的地方就少不了有亭亭玉立的白楊。（黃河水系在祁連山以南，全是內陸流域。玉門縣境有白楊河、石油河及疏勒河三大河流，都發源於祁連山，西流入戈壁平原。）這首流傳千年的好詩倘若實地印證一下，便有點費解。

玉門縣面積一五、〇六二平方公里，人口二九、〇〇三人，平均每方公里一·九人，耕地總面積僅有七、四三九公頃。在農業上可以說是一個最貧瘠的縣份，可是地下石油蘊藏之富，全國任何一縣都比不上。油層距離地面很近，經逐年河水沖蝕，油層暴露地面，成爲石油河或石油泉。這種油泉在縣境內竟有十二個之多，其中有的油泉，因石油久已發揮，僅餘一層瀝青。

遠在漢代，國人已發現石油，據博物記云：「延壽縣南，有山石出泉水……注地爲溝。其水有肥如煮肉，……燃之極明。」北周武帝時，突厥圍攻酒泉，守軍取石油燃火，焚燒突厥攻具。這都是見於史乘，信而有徵的記載，至於近代石油的發現，則在同治年間，赤金堡土人入山採金，往來石油河，發現石縫內滲出的黑色液體，可以燃火。德人未海厘把油樣帶到上海去化驗，確定含有油五蠟三雜質二的成份，這才爲世人所注意。

據玉門油礦局調查所得，礦田範圍相當廣大，東逾北大河，西至疏勒河，都有油層。主要產油地區有二：一在石油河，一在石油溝。已經着手開採的只是石油河的一部分。石油河鑛區在玉門縣城東南老君廟，西距玉門七十八公里，東距酒泉一百零七公里。甘新公路有支線從火燒溝直通礦區。這裡原爲無人荒漠，寸草不生，西面的上赤金堡，東面的惠回堡，原來都只是僅有十幾戶人家的小村落。自從油礦開採後，這裡才漸有人煙。石油河終年有水，且不結冰，不但可供食用，而且足敷煉油之需；附近又有煤礦，眞是一個理想的礦區。只是附近不產蔬菜，所有食物，都由酒泉供給。

嘉峪關外有三絕：安西的風，吐魯番的熱，和巴里坤的冷。安西俗諺說：「一年一陣風」，意思是說，一陣風由正月初一颳到臘月三十。安西幾乎無日不在颳風，而且颳起大風來，那種飛沙走石的情形，實在駭人。明明這裡有一座沙丘，頃刻之間，拔地而起，無影無蹤。好好一片平坦原野，霎時堆積起一座高大的沙丘。人畜廬舍，隨時都有被活埋的危險。這種情形越來越嚴重。當年左宗棠西征時，曾將安西城外積沙除淨，繞城挖掘護城河，引注疏勒河河水，河岸種植白楊。曾幾何時，如今安西城外的積沙，幾乎又高與城牆相齊了。

安西古碑記載：「張義潮歸唐授爵（唐代安西曾淪入吐番。大中五年（西元八五一年），張義潮歸唐爲歸義節度使。）水利疏通，荷鍤如雲。」可見當時盛況。因流沙移動，良田水渠多被掩埋。如今安西四萬方公里內只有兩萬多人，其荒涼可想而知。

安西縣城，四四方方，周圍只有八百多公尺。城內有一條十字街，街道因狂風吹颳，終年都很清潔。縣政府設在西大街。商店都在十字路口。

縣城外的疏勒河，河水重濁，行旅相傳，凡是到口外去的人，倘若喝了這條河的水，便不能再想回家了。疏勒河發源於玉門縣境的祁連山，由東而西流，在安西縣境接納踏實河，到敦煌又容納黨河，最後注入哈拉湖（黑海子），關內人看慣了河水東流，偶然見此西流的河水，才有此荒誕不經的傳說。

西漢時，安西設有淵泉、冥安、廣至三縣；晉設晉昌郡，下轄八縣；唐改瓜州。今安西縣城卽唐瓜州故城。城之西南有晉昌故城，東有淵泉廢城，西有廣至故城，東北有伊吾廢縣。這些歷史古蹟，將來若能大規模發掘，必定有不少的寶貴史料。

安西城南八十公里處有榆林窟，其中有許多元代佛教藝術寶藏。榆林窟之東，有明代的鎖陽城。安西玉門之間，橋灣附近，有一座小廟，廟中有一面人皮鼓。古老相傳，清世宗雍正命他的外甥去安西修築城堡，結果外甥偷工減料，大飽私囊，爲世宗發覺，便剝其皮製鼓。這個傳說有沒有歷史依據，筆者未經考證，不便妄臆。

肅北設治局在安西東北烏龍泉，這裡屬馬鬃山山區，民國八年，外蒙在白俄謝米諾夫操縱下，宣佈獨立，一些不願受俄人奴役的蒙胞相率遷入甘肅省境，有大頭喇嘛者率領蒙胞一百多戶，遷入馬鬃山，生聚教訓，嗣後來者日多，問題亦趨複雜，後大頭喇嘛突遭暗殺，蒙胞星散。哈薩克流匪擾亂祁連山麓，蒙胞再遷入馬鬃山避難。民國二十六年始設肅北設治局，新綏公路經本區入寧夏土爾扈特旗。

關外每年氣溫在攝氏二十度以上的月份只有六、七、八，三個月。十度以下的月份竟有一、二、三、十、十一、十二等六個月，冬季長達一百八十天以上。居民一年四季都是一襲老羊襖，又因木柴缺乏，全靠牛馬駱駝糞便作燃料。清末甘肅籍名御史安維峻曾有這麼兩句詩：「一領羊裘冬夏着，半房馬勃雨晴燒。」可以說是關外人民生活的寫實。

由安西西南行一百五十公里便至敦煌。敦煌是河西最大的一縣，面積六萬四千一百七十八方公里，人口只有三萬二千多人。這裡在漢唐時代是東西貿易的最大商埠，所有中國輸出的貨物，和西域輸入的貨物，都在這裡交易。當時眞是萬商雲集，盛況空前。自從星星峽開闢後，這裡便不再是入新疆的孔道，逐漸爲人們所淡忘。直到清末，接連發現三大歷史寶藏，這才又引起世人的注意。這三種寶藏：第一是千佛洞的卷子本古書；第二是敦煌長城沿線的漢簡；第三是千佛洞的壁畫和塑像。

敦煌位於安西和新疆婼羌兩縣之間，地勢較安西微低，氣溫則比安西略高。縣城附近是一片肥美的水草田，黨河流經城西，月牙泉位於城南。農業發達，大麥、小麥、高粱、棉花都可種植，各種蔬菜水果，應有盡有。由這裡出玉門關通鄯善、吐魯番，出陽關通婼羌、于闐，爲古代通中亞的兩大幹線；由阿爾金山山口又可南達柴達木盆地，在地理位置上控轄着新、青二省。實在是蘭州以西最具形勢的交通中心。

縣城南三公里處有座鳴沙山，又叫神沙山，全由流沙堆積而成。山坡甚陡，爬登其上，沙沙作響，流沙隨脚頹落，一步一個脚印；經風一吹，又恢復平整。每當晴天，墜沙之聲，城內都可聽到，即所謂「沙嶺晴鳴」，爲敦煌八景之一。

月牙泉在鳴沙山上。四面砂山之中，有一泓清泉，水清見底，任何大風暴，流沙都不能覆沒這一清泉。在八景中叫做「月泉曉徹」。這座泉常是漢武帝時的渥洼泉，天馬便是從這裡捉到的。

鳴沙山東南十餘公里，便是三危山，以三座高峯著名，八景中的「危峯東峙」即指這裡。

鳴沙和三危二山之間，便是馳名世界的千佛洞。其地距離縣城十六公里。是一條南北向的峽谷。谷底一流清淺，河畔白楊亭立，兩岸削壁千仞。西壁更爲峭直，壁上上下三層共排列了五百多個大小洞窟。

千佛洞的開鑿始於東晉穆帝永和九年（當時河西一帶爲前涼所據，時爲張重華的樂永九年。

）到了苻堅建元二年，樂樽和尚又在此建造石窟。現存「唐宗子隴西李氏再修功德記」殘碑，是研究千佛洞的最重要文獻。洞中題記最早的年份爲「大代大魏大統四年」，其中有些壁畫可能比這還要早七八十年。洞壁敷上一層石灰，繪畫彩像。年深日久，舊畫黯淡，後人再敷上一層石灰，另繪新畫，這樣有多至三層的。壁畫所用的全是無機化學性質的顏料，如石靑、石綠、赭石、硃砂，都能歷久彌新。

此地六朝叫岩泉寺，唐代叫興龍寺，宋代叫三界寺，元代叫莫高窟，淸代叫雷音寺。淸代後期，香火冷落，有一王姓道士在一五一號洞後發現複洞，中藏卷子本古書甚多。王道士沒有甚麼知識，把這些價值連城的寶物視同廢紙。光緒三十三年英人斯坦因考古到千佛洞，由蔣師爺居間，以廢紙的價格把許多唐人寫經買去，後來法人伯希和又盜走一批，日本人也想來染指，淸朝學部這才下令收歸國有。民國三十年教育部成立敦煌藝術研究所，修建圍牆，保護全部洞窟。

敦煌西南的古董灘卽漢代陽關古址，唐代的陽關仍在此地。斯坦因曾在這裡發現許多古物。

敦煌西北七十五公里處的小方盤，卽漢玉門關遺跡，漢代亭障，宛然猶在。斯坦因曾在這裡發現「玉門都尉」的木簡。木簡是漢代人寫在木板上的文書。玉門關的西面和北面都有漢代長城的遺址。這種長城全用版築，泥土中還摻有芨草以增加凝固力。沿古長城遺址曾發現不少木簡，是研究漢代邊疆史的最原始直接資料，將來若能大規模發掘，將有更多的歷史寶藏出現。

甘肅的水果和小吃

甘肅僻處西北，交通不便，一般情形，很少為外人瞭解。現在臺北市有各省市的大小飯館，單只沒有一家甘肅館。中華商場有新疆飯店，基隆河畔有蒙古烤肉，誰知道哪裡有賣天水「漿水麵」的呢？筆者新年與荆山師閒話鄉情，談到故鄉的水果和小吃，不禁食指大動，口水直流。歸來草此短文，不過聊表「畫餅充飢」之意罷了。蓴鱸之思，張翰儘可以歸鄉適意；今天我想喫一碗漿水麵，可是到哪裡去找呢？

一、涇川

由西安西行兩百四十三公里，便到甘肅東境第一縣——涇川，這裡當涇汭二水滙流之處，傳說周穆王西會王母的瑤池便在這裡；吳承恩西遊記中的花果山，也是拿這裡作藍本的。暮春三月，垂柳含烟，觸目一片桃林，幾十里連續不斷的香雪海掩映在麥浪搖曳的平原上，所謂「放牛桃林，牧馬陰山」，全是西北的眼前風光。

涇川的桃子雖然沒有蟠桃的神奇，但是碩大甜香，確堪稱人間仙品。我想，蟠桃的傳說，可能是古人見了涇川的桃林而附會出來的。

涇川的梨，更是神品。有一種水梨，表面細潤若碧玉，皮薄核小，吹彈即破；果肉潔白若雪，入口卽化，可惜無法久貯，所以不能行銷四方，還有一種秤錘梨，果實碩大無朋，皮呈鐵青色，果肉潔白脆嫩，另有一種淡淡的特殊幽香氣味。

涇川縣政府前面有一家滷鷄店，店中的滷汁據說是從明末一直流傳下來的。一般人只知道南明有福、魯、唐、桂四王，殊不知還有一位韓王，曾招撫流寇建號抗清。這家滷鷄店的祖先原是韓王府的厨司，帶着韓王府的滷汁逃到涇川，開了這家小店，子孫相傳三百餘年。他們選擇二斤左右的嫩肥鷄，先在滾水中一燙，然後放入一大鍋滷汁中，用文火滷煮。滷好之後，把鷄撈起，滷汁留着下次再用。鷄肉固然吸收了滷汁的香味，滷汁也分沾了鷄肉的精華；這樣逐年累月下去，滷的鷄越多，滷汁的香味就越醇美。他們不但自家滷鷄來賣，客人也可以帶鷄去請他們滷煮；只是除非至親好友，滷汁絕不出讓。這種滷鷄，爛嫩香美，味道非常醇厚；吃過之後，整天口頰留香。假若千幸弄到一盞滷汁，那眞是瓊漿玉液。

涇川蒸饃，作法特別，味道雋永，蒸饃不用酵母粉，用「酵頭」醱麵。醱好後，加入一種特殊蒿草灰所製成的「灰水」，再千搓萬揉，揉好後，先放在陽光下曝晒一會兒，然後再蒸。這種蒸饃，非常酥，而且可存放經年，不霉不壞。

二、平　涼

由涇川沿涇河河谷西行，道路筆直如矢；夾道長着著名的「左公柳」，左右山下全是蜂房一樣的窰洞。窰洞依山開建，下濶約五六公尺，正中高約六七公尺，成弧形向下伸展；活像美軍的活動房屋，一般也有門有窗。住在裡面，不但冬暖夏涼，而且可以防止原子彈輻射塵。當地盛傳一首打油詩：

君子來到我家堂，
休笑我家沒有房；
土窰好比神仙洞，
冬天暖來夏天涼。

平涼爲隴東重鎭，是關隴鎖鑰。中華民族始祖黃帝的疆域，西至崆峒。崆峒山便在平涼西南。山上松濤雲海，風景遠勝匡廬黃山。用松子燃火溶化松上積雪煮茶，淸香沁脾。

平涼盛產百合山藥。每當初夏，北門外一片豔紅；各地的百合花都是白的，唯獨平涼的百合花豔紅中透金。百合花映照山藥架，眞是一幅絕妙的圖畫。百合大如拳頭，肥白脆嫩。百合小米粥，香美滋補。山藥粗如兒臂，嫩似新藕。

醬蒿筍，尤堪稱天下一絕。把粗得像椽一樣的蒿筍，剝去外皮，放在醬缸中醬製半年；妙處端在那醬油純由麩皮熬晒而成，不加任何化學藥物，純是本色本香。

平涼的「綿綿胡桃」，大如鴨卵，皮薄仁肥，果皮輕敲卽破，果仁飽滿，油脂甚多，入口軟綿。

平涼人講究吃刀切麵，一般家庭主婦都以刀切麵的細長來判別廚藝的高下。把麵粉加「灰水」和得非常硬，揉得非常勻，擀得非常薄，還要切得非常細，吃起來光滑細勁，才算上品。于右老一生喜愛麵食，吃遍天下著名麵點，他說從沒有一處的麵食可以和平涼的刀切麵媲美。筆者眞願以一年的奴工爲代價，只要換吃一碗刀切麵。

西安的羊肉泡饃馳名天下，其實西安著名的泡饃舘子，都是平涼的回教同胞開的，平涼的北沙石灘的羊肉泡饃，那才眞是道地貨。

蕎麥，在華北各地都有出產，惟獨平涼的蕎麵「涼粉」「和樂」，却是別處所趕不上的。還有蕎麵「攪團」，先燒一鍋滾水，將蕎麵粉徐徐灑入，邊灑邊攪，等到濃至糊狀，取出冷却，切成小塊，澆入臊子湯。雖是平民食品，不登大雅之堂，但比山珍海味另有一種純樸之美。河南的「胡拉湯」和甘肅的「攪團」，素爲這兩省人士所諱言。其實，眞正能代表這兩省民間小吃風格的，恐怕還要算「胡拉湯」和「攪團」了。

苜蓿本爲牧草，漢武帝時由西域輸入，種在上苑中以養天馬，其嫩芽可作蔬食，一年四時不斷，西北民間，一般都把它當作主要蔬菜。新春三月，嫩苜蓿芽炒肉絲，非但新鮮可口，還有一種春的氣息。

三、靜寧

由平涼，經蒿店，過三關口，翻六盤山，又是一條河谷平原。三關口爲宋夏交兵之地，平涼在宋代曾有官營馬廠。小說中楊六郎把守三關口，可能便是指的此地。一代天驕成吉思汗在六盤山上一次狩獵中，墜馬身死。六盤山西脚下由隆德到靜寧，夾道楊柳依依，風物絕佳。

靜寧州的「鍋盔」（大餅），曾揚名海外。光緒年間，有一個英籍傳教士取道靜寧返英，在靜寧買了兩個大鍋盔，裝入行篋中。後來人跟行李脫了節，他本人經西安上海乘船回國，行李則在兩年後始輾轉運到英國。打開行篋一看，那兩塊鍋盔居然新鮮如初；稱奇之餘，所以特為著文宣揚。靜寧鍋盔，直徑約五十公分，厚達二十公分以上，用文火烤焙而成。剛出爐的鍋盔，散發出一種香氣，使人不禁食指大動；咬到口中又很酥香，不像山東大餅那麼硬。放入水中，立刻膨脹。不論保存多久，都不霉不壞。作這種鍋盔的全城只有兩家最著名，他們各有祖傳祕方，絕不示人。最重要的還是水質、燃料和火候，前兩者在別處是無法得到的，後者則全靠經驗，可以意會，而不能言傳。

四、天水

由靜寧西登華家嶺，到達西蘭、蘭成兩路的交會點。由此西通蘭州，東南到天水，天水為隴南首縣，飛將軍李廣的故鄉，天下姓李的，百分之八十都是由這裡分支出去的。天水濱臨渭水河谷，可是天水附近的徽縣、成縣，却屬於長江水系。

著名的徽鳳名酒，便是徽縣和陝西鳳翔所產。中國著名的蒸餾酒，有山西的汾酒，貴州的茅臺，四川的大麯，東北的二鍋頭，北平海甸的蓮花白；據酒評家說，都沒有徽酒醇美。徽酒表面脹力特强，注入杯中，可高出杯沿而不外溢。喝光後餘瀝掛杯，永遠傾倒不淨。用火點燃，可全部燃燒，不留一絲水漬或渣滓。一開酒罈便清香四溢。這種佳釀，只有在天水才能嘗到。還有一大特點，宿醉醒後，絕不頭疼。

天水人講究吃「三桁麵」，吃一頓麵有三種名色：麵條上加一個鷄蛋，叫金線吊葫蘆；麵中加肉末，叫螞蟻上樹，……名稱美，味道更美；還有漿水麵，用菜葉像作泡菜一樣泡出一種漿水，用來下麵，味道甜中帶酸，有消暑解毒奇效。

五、蘭　州

甘肅省會蘭州，白塔山、五泉山南北對峙，黃河東西流，鐵橋、皮筏、水車所構成的那幅畫面，不知牽走多少遊子的夢魂。中國的小吃，除了北平、成都、蘇州外，就要算蘭州了。北平因係七八百年故都，五方雜處，成都、蘇州又都人文薈萃，所以小吃也雜有各方色彩，沒有蘭州那種道地的地方風味。

外國人喜好的「李鴻章雜碎」，不知道是個甚麼樣子，我沒有吃過；蘭州的牛雜碎，可是一絕。把牛骨牛內臟拉雜混在一起，放在大鍋中用文火熬煮一夜；每天清晨，一碗牛雜碎，半斤大餅，吃上一個月，管保你滿面紅光。

東梢門外馬保子（痲婆子）麵條細勁光滑，完全用原汁牛肉湯，不加味精，醇美香軟，吃過一次後，天天都想再吃。

東大街高樂軒的醬肉，有點像北平上好的罈子肉，入口卽溶，絕不油膩。西關的酥餅，用上好黃油和麵，旣香且酥。太陽餅或可有酥餅的酥，但絕沒有酥餅那末香。南關清眞舘的「乒乓麵」，麵條寬薄滑潤，不知道是怎樣做的。

蘭州更是水果王國，安寧堡的桃子，就有一千多種名色。有的皮薄如蟬翼，用牙咬一小口，果漿就源源流出。有的用手一捏，果實分裂爲二，一個小小桃仁便自動掉落。

蘭州的西瓜，皮若碧玉，碩大無朋，每個都在二三十斤以上，瓜瓤甜而且沙。醉瓜更爲名貴，屋子裡放置一枚醉瓜，便滿室生香；這種瓜，皮薄子少，肉多而香。

蘭州的梨，更是多而且美，軟兒梨，皮薄核小，果漿眞正才是天然果汁。還有一種「吊蛋兒」，只有拇指大小，用開水煑食，可治傷風感冒咳嗽；任你再頑久的咳嗽，吃幾碗吊蛋兒，準可霍然而愈。

不要說吃，只說你春天到安寧堡看一下三十里的桃花林，到西果園欣賞一下梨花雪海，這一輩子，甚麼名花勝景都不想再看了。

六、河　西

「天蒼蒼，野茫茫，風吹草低見牛羊。」在甘涼古道上走一趟，南望祁連積雪，北看胭脂映紅，這種秀色，就够你飽餐的了。

張掖盛產一種白色小米，用火熬粥，再加入芝蔴、紅棗、百合，香美滋養，妙不可言。

還有「果丹」，把新鮮水果熬成果漿，攤成紅油紙一樣的薄片；無事時拿一兩片放在口中細嚼慢品，這才叫滋味無窮。

牛羊肉在這裡，樣樣肥美，樣樣可口。

不寫了，再寫，口水眞要把稿紙全泡濕了。

青海掠影

有人說，到了青海，隨便拔起一株草，可能草根上就帶有金沙；騎馬涉水渡河，說不定就會踩死一兩條魚。這話雖然太誇張了，但是由此正可以看出青海貨棄於地的情形。假若我國眞的還有處女地的話，那末青海就是急待開發的最肥沃的處女地。

由蘭州乘汽車經蘭青公路西行，過享堂峽，卽進入青海省境。享堂峽是一條峭壁萬仞的深谷，汽車盤旋下到谷底，過橋後，又盤旋而上，驚險異常。在軍事上，眞有「一夫把關，萬將徘徊」之概。享堂是一個小鎭，濱臨湟水，因爲由蘭州到西寧，或由西寧到蘭州，都必須在這裡過夜；而且又是青海和內地各省的唯一交通孔道，過往客商相當多。由享堂沿湟水河谷西行，便是著名的大峽，兩岸峭壁萬仞，湟水奔流於下，於峭壁上鑿路通車，和長江三峽相似，只是兩岸山上光禿禿地，很少樹木。

過了大峽便到樂都，這裡原叫碾伯，漢屬湟中地，置破羌縣，是青海境內開發最早的古城。早先原是青海的政治中心，自從西寧興起後，這裡的政治地位才漸沒落。樂都附近是一個小盆地，溝渠縱橫，佳木葱鬱，漢代就在這裡駐兵屯田，如今更是富庶，可以和河西走廊的金張掖，銀武威媲美。當地盛產「花紅」，這種像山楂大小的蘋果，味道極似「紅芋蘋果」，但香甜尤過之。

由樂都經平戎驛穿小峽，就是樂家灣，這裡已是西寧平原了。樂家灣是當年著名的馬家軍的營區，馬家軍以騎術精良驃悍善戰聞名於世。

由樂家灣到西寧，道路寬濶平坦，筆直如矢，夾道種植白楊，亭直茂密。西寧城雖不甚大，但甚整潔，最熱閙的市區，只有一條東西大街和南大街北大街。批發店多集中在東關同仁大街。北門外河畔有湟中公園，占地頗大，公園中滿植白楊。西門外賈小庄附近又有新公園，園中亭臺樓榭頗爲華麗，鑿池引水，可以划船。西寧人特別喜愛野餐，春秋佳日，携美酒佳肴，到公園中席地而飲。西寧之西，又有香山公園，占地幾萬頃，三山聚滙，二水合流，景色絕佳。這裡是一個大牧場，園中又有當年羅卜藏丹津起事的元朔山。古木參天，珍禽異獸，優游林下。

抗戰前後，青海省主席一直是馬步芳，儘管外人對他有許多不同的看法，但在當時那個環境來說，他的作法確實頗有一套，他的政令實行的非常澈底。他推行六大新政，如造林，不到二十年，全省到處綠樹成蔭。他厲行禁煙，先從自己的親人作起，他從不在公衆集會講話，但甚愛參加各種集會，各種大會差不多都由他作主席，他作主席眞絕，由祕書代讀　國父遺囑，由祕書代他宣讀訓詞，他本人則站在臺上聽自己的「訓詞」。聽完後，還跟着大家鼓掌，他常騎脚踏車出遊，騎在脚踏車上，左右有人扶着把手，後面更有許多人推着跑。他在北門外有一個完全用玉石築成的官邸，所有牆壁、地面、用具，全由玉石琢成。筆者抗戰時，因爲在報屁股上發表了一篇有關靑海省政的短文，不知道怎麼被他知道了，蒙他在官邸召見，吃了一頓豐盛的午餐，還送了幾塊玉石圖章。他對現代音樂、話劇、體育，也甚愛好，省政府養着好幾位音樂家，像王洛賓就是他招攬的作曲家，他的外甥，當時任保安處長，却是一名籃球健將，常披掛上場。每次籃球比賽，主席大人常從頭看到尾。

西寧附近，河流縱橫，水利相當發達，農產品以小麥爲主，此外尙有蠶豆、靑粿等。因爲天氣寒冷，冬季極長，生長季節極短，每年只能收穫一次。每年陰曆三月初解凍，農夫才開始播種。四月是最美好的季節，人們脫下厚重的冬裝，換上夏服，原野上盛開着馬蘭花，比蝴蝶蘭還美。這時候麥田中開始剷草，剷草的工作，全由婦女擔任，她們成羣結隊地爬在田中，手拔刀剷，口中還齊唱着「花兒」。

「花兒」是民間歌謠的別稱，青海的農民牧童和商旅，都特別喜愛，聲調高亢，響澈雲霄。尤其是每當拔草季節，婦女們高唱着花兒，此起彼落，互相比賽。一般青年男子也喜歡在這時到原野中去唱「花兒」，和婦女們唱和。花兒沒有一定的歌詞，可由唱者臨時編撰，經常是男女雙方一問一答，互相詢問、辯難、讚美，藉着歌詞，互通情愫。臺灣現在最流行的「四季花開」，便是「花兒」的一種。

青海夏季極短，一幌卽逝，秋高氣肥，原野上，眞是「天蒼蒼，野茫茫，風吹草低見牛羊。」農民們這時候開始收穫。一過中秋，就要準備冬裝。高原上的月亮，份外光明，月夜策馬荒原，高歌一曲，那種豪情，想一想都不可一世。

過了重陽，就進入冬季，十月天寒地凍，遍地冰雪。南川河，湟中公園，到處都是天然溜冰場。每天清晨，南門外，常有養馬的人賽馬，一匹匹的名駒，風馳電掣而過。在短距離內，汽車還沒有馬跑得快。大雪之後，南山和賈小庄西側，都是天然滑雪場，因爲山上沒有樹木，滑起來非常安全。西寧積雪的時間多而且久，眞是最好的冬季運動場所。

青海省最著名的當然要算青海了。青海原名鮮水海，又名仙海，北魏始名青海。番名叫庫庫諾爾，在西寧以西四百七十多華里，由西寧西行，經湟源，至海宴（三角城），卽至海邊。青海周圍約五百公里，總面積五千九百四十平方公里，等於臺灣總面積的六分之一。海岸附近一片平原，水草豐美。海中鹽份甚重，水呈深青色，不通舟楫，海中有海心山，中有寺院，有喇嘛居住，到冬季結冰，才由冰上出來，採辦一年的食物用品，其餘時間，完全和外界隔絕。海岸盛產食鹽，每當退潮後，岸上便積存不少食鹽，這種食鹽叫青鹽，呈六面形結晶，顏色暗青。海中盛產鯉魚和無鱗魚，蒙藏人士是不吃魚的，平常無人捕捉，只有到冬季結冰後，人們在冰面上鑿一個洞，旁邊放一盞燈籠，便回家睡覺。魚因不耐冰下沉悶，自動由冰口跳出，立刻受凍結冰，捕魚人第二天檢起來，運銷蘭州等地。非常美味可口。

傳說海水弱不勝鵝毛，任何東西一落在水面上都要沉沒，完全是無稽之談。筆者就曾在海邊游泳過，比淡水的浮力大的多。不過在海中游泳，在藏人看來是莫大的忌諱，他們認為這是褻瀆海神的嚴重事件，萬一海神震怒，海便會遷走。所以每隔三年，便大會番漢，舉行祭海大典，且藉機商討諸部事務。在青海境內像這樣的內海尚有二十多個，只是都沒有青海這麼大。

在青藏公路上還有一段，全是鹽岩。路面光滑如玻璃，汽車行駛時，車輪上加上鐵鍊，仍然滑溜不能行駛，必須由工人經常在路面鑿洞，以增加阻力。

青海四週都是可耕可牧的草原，只是生長季節甚短，卽令到了夏季，也還常降嚴霜，八月飛雪，更是司空見慣。

青海以西，柴達木盆地，是我國最大最好的屯墾區。這裡是青海額魯特蒙古的游牧地，蒙藏同胞都奉喇嘛，服飾也差不多，一般人往往把青海的蒙人誤作藏人，其實青海境內大多數遊牧民族都是額魯特蒙古的支屬，他們牧放的牲畜，以牛羊為最多，馬匹也不在少數。青海盛產犛牛，這種牛身上的毛特別長，腹部垂下的長毛，幾乎可達到地面，藏胞用牛毛織成厚呢，名叫氆氌，防寒遮雨，非常耐牢，可以穿用數十年，蒙古包也是用這種牛毛製成的。（蒙藏同胞的帳篷，大有區別。蒙古包是圓形或八角形的。藏人的帳篷一律都是方形，依山架設，一邊下斜。）犛牛可以馱載貨物，往來草原上的商隊，多用犛牛運貨，犛牛的肉尤其肥嫩鮮美。羊羣多係白色綿羊，異常肥大。青海的馬，體形較蒙古馬略小，但奔馳速度比蒙古馬新疆馬都快。

除了家畜外，草原上的野獸多不可計，有奔馳最快的羚羊，有成羣結隊的黃羊，還有一種非常神異的青羊，這種羊體形甚大，善於奔馳，唯性情和善，不喜爭鬪，藏人視為神獸，不肯捕捉。捕捉青羊眞是跡近神話，首先察看青羊經常出入的地方，然後兩個人裝做打架的樣子，越打越激烈，最後把事先準備好的紅色顏料塗在身上，青羊看見人在打架，便自動跑來用頭把打架的兩個人分開，這時候便乘機下手捕捉。麝鹿體形甚小，奔馳絕速，且性多疑，最不易捕捉，麝香是最名貴的中藥，在青海一個麝香也要賣四五塊銀元。草原上的雉鷄非常美麗，它們的窩就做在草中，往往一個窩中可發現幾十個雉蛋。雉肥胖短小，不善奔馳，雉油可治牛羊飽脹病。草原上一片空曠，沒有高大的樹木，只是一望無際的深草。

由西寧沿南川河南行，經魯莎爾鎭，便到著名的黃教聖地塔爾寺，這裡是黃教始祖宗喀巴的家鄉。宗喀巴是蒙古人，永樂年間生於西寧，曾步行入藏取經，後創立黃教。喇嘛皆黃衣黃帽，嚴禁親女色，喇嘛皆童身入寺，結過婚的人便不能做喇嘛，戒律極嚴，功課甚重，他的兩大弟子達賴、班禪，世世「呼畢勒罕」（化身），便是我們所習稱的活佛。一般人只知前藏的達賴，後藏的班禪，庫倫的哲卜尊丹巴，多倫的章嘉，拉卜楞的嘉木樣爲五大活佛，其實黃教較大的寺院都有他們自己的活佛，都是轉生承襲的。

塔爾寺爲黃教六大寺院之一，由幾十個寺院組成，其中最大的有大小兩金瓦寺，佛殿屋頂的瓦用黃金鑄成，永遠光亮如新，大殿中可容喇嘛九百多人。蒙藏同胞信教的虔誠到了無與比擬的地步。他們由住地出發朝聖，全程都跪拜前行，先立定，兩足拼攏，然後跪下去，再爬到地面，整個身子都貼在地上，額叩地面作響，用手在前面劃一條線，爬起來站在線上，再行禮如儀，縱令全程幾千里，也用這種方法前進，往往需時數年，才能達到目的地。塔爾寺大殿上的地板，厚達數尺，可是不到一兩年，便被跪拜的人的兩手磨出兩道深壕。他們對寺院的奉獻眞是慷慨，塔爾寺收獻金的地方是在樓上，樓下卽是金庫，朝聖的人把整袋的銀元往地板上一倒。由兩個執事喇嘛用鏟推入庫中，從不點數。塔爾寺的廟會每年最大的有兩次，一次在正月，一次在六月，正月的一次，到十四、十五、十六三天，達到最高潮，十五有跳神大典，由喇嘛帶着各種猙獰的面具，在寺院廣場圍繞着麵做的魔鬼化身跳舞，人數約在一兩百左右，跳舞到了高潮，便把麵做的魔鬼殺掉。十六夜是燈期，用奶油做成燈山，山上有各種各樣奶油做的寺廟人物牲畜，煞是好看。一次所用的奶油，多達數萬斤。六月的一次廟會，以曬佛最爲著名，寺中有一幅長濶都在幾十丈以上的錦繡佛像，每年六月，拿出來鋪在山頭曝曬，並供人參拜。每次廟會，早晨都有賽馬，晚上都有藏族少年男女唱歌跳舞，各種貨物也都趁着廟會時來交易。

新疆・古道・哈密

新疆省雄據亞洲大陸的核心，面積足有四十八個臺灣大，地下寶藏豐富，舉凡鐵、銅、鉛、鋅、鎢、金、煤等，應有盡有，而石油和鈾尤爲著名。

「新疆」一詞是清高宗乾隆平定準部和回疆後所定的，全名叫做甘肅新疆。清高宗言大而誇，這裡從漢武帝起便是中國的領土，根本就是舊壤，何以能稱做「新」疆。漢武帝建元三年（西元前一三八）遣張騫出使西域，從此中國本部和新疆便發生了直接聯繫。張騫去的時候，由敦煌出玉門關，緣天山南路，穿疏勒，越葱嶺；回來的時候，穿越帕米爾高原，經莎車、于闐，漢代通西域大概就是走這兩條路。

敦煌在當時爲通西域交通樞紐。中外貿易的大商埠，有小長安之稱。由敦煌向西則分爲玉門關北道和陽關南道兩路：北道出敦煌西門，渡黨河，越戈壁，出玉門關，繞白龍堆，入樓蘭東境，經黑泥海子，蘆花海子，至樓蘭，吐魯番；南道由敦煌西南行，出陽關，經龍尾溝，至漢婼羌國境，沿崑崙山北麓西去。兩路沿途皆設亭障，以防寇擾及流沙，並作行人住宿及防風之所。凡有亭之處，大半都有水井。沿路還立石刻字以記道路遠近。從斯坦因發掘的遺物可知當時往來頻繁，道路暢通。唐宋以後，兩路皆爲流沙淹沒，遂不常行。今偶有商人行走，唯多利用冬季有雪，以便採用積雪化水。民國初年，婼羌縣曾於無水處掘井得水，擬復修古南道，後因故作罷。

自從敦煌古道不通後，由甘入新者，改由肅州西出玉門縣之三道溝，北行草地，折而西，經哈密之東北境，而抵鎭西。左宗棠平新疆，復闢星星峽一道。當時由肅州進軍，兵分兩路，北路仍走三道溝鎭西一道，南路則由安西出星星峽。後北路站口水草皆荒廢無遺，僅餘星星峽一道。甘新公路卽取道於此。筆者三次赴新疆，兩次皆取道星星峽。唯有一次隨商隊取道崑崙山旁之南湖線。民國三十八年，大陸淪陷時，許多忠貞人士，經由廸化、達坂城、托克遜、焉耆、輪臺、庫車、阿克蘇、喀什（疏勒）、英吉沙，翻帕米爾高原入巴基斯坦。唯有堯樂博士一行，似乎是由敦煌經柴達木入西藏，將來開發新疆，必須要恢復敦煌古道，不但路程較近，而且還可以和阿爾金山以南的柴達木相呼應。

由安西沿甘新公路西行，渡疏勒河，經白墩子、紅柳園、大泉、馬蓮井，到咬牙溝，便進入新疆省境。咬牙溝以西四十華里，便是著名的星星峽，星星峽名稱的由來，有人說是因爲夜晚峽上常常可以看到星星一樣的光；也有人說，有人經過這裡時，得不到水源，幾至渴死。後來看到一個猩猩在峽裡取水，才跟蹤找到飲水，得以活命。峽道是左宗棠開鑿的，兩岸都是石英石，峽底水源充足，可供飲用。安西哈密之間以這裡爲最高，所以成爲甘新兩省之天然分界。星星峽屬哈密縣，是一個小鎭，只有幾家客店和駐軍營房，來往客商，多在這裡過夜。

由星星峽西行四十公里至沙泉子，這裡有一個回回墓，墓在關帝廟東南巉巖下，三面樹立木欄，內有一小門，門內有一個遺骸置於地上，門外横額上大書西方先賢蓋氏師之墓，據云，係唐時來報唐皇之聘，在此物化。由此西經苦水、煙墩、黃盧岡，便至哈密。

哈密是天山山地東段內最大的山間盆地。四面皆爲羣山環繞。盆地內氣候乾燥，夏季溫度和臺北不相上下，一月份平均溫度則達攝氏零下十度。全年雨量僅有八公厘。哈密縣城在盆地北側，漢爲伊居盧，東漢置宜禾都尉，唐代爲伊州，明置哈密衞，清爲哈密廳，民國二年改爲哈密縣。後爲第九行政區，現在臺北的堯樂博士原爲本區專員，三十八年始升任省主席。

哈密有漢回二城，漢城爲縣府所在地。北五華里處有龍王廟，號稱小西湖，湖水清澈，綠柳四垂。湖水中建有兩座小亭，有橋和岸邊相通，風景絕佳，塞外有此勝地，遊憩其間，其樂更遠勝於置身六橋三竺之間。回城在漢城西二里許，榆柳夾道，流水潺潺。舊爲回王府所在，王府內有花園，花木繁茂，中有宿影亭，四面荷花。夏季荷花盛開，清風過處，淸香四溢，幾疑置身江南。城內有九龍樹，爲一多年老楊，樹分爲大小相等的九幹，誠奇觀也。回城外有回王陵，建築宏麗，墓爲圓頂，周圍皆用琉璃磚砌成。以往哈密附近的良田礦產多爲回王私產，其資財之富，可以列入世界大富翁之羣。

商場在回城西南，因地當甘新要衝，又是南北疆的樞紐，所以商務相當發達。北通鎭西；西北通奇臺、廸化；西南通吐魯番；東南通肅州敦煌；都有貿易往來，關內外貨物運輸都經本地。由內地輸入之洋廣雜貨，紙張布匹，由本省輸出之葡萄、瓜乾、棉花，都以哈密爲轉運站。俄人在西北收購之毛皮也都滙歸於此。本地商權大半操於漢回和纏回之手。抗戰時本縣闢有飛機場，有定期班機，往來廸化蘭州。

民國二十七年我國抗戰失利時，蘇俄的紅八團進駐哈密東郊，因此車輛改道繞城南行駛，車站也設在城外，距城尙有兩三公里，慢慢地車站附近又形成了一個市區。

哈密盆地氣候乾燥，種植作物必須灌漑，灌漑的方法分爲坎井、架槽、溝渠、和澇壩四種。坎井起源於波斯，馬哥孛羅遊記中已有記載。何時傳入新疆，不得而知，林則徐謫戍新疆時，伊犂將軍布彥奏請飭辦開墾事宜，林氏乃倡導開鑿坎井，先於托克遜的六拉湖開始興築，後來擴充到吐魯番、鄯善、哈密等縣。山上冬季積雪，夏季雪融爲水，沿山坡下流，滲入山麓礫石層內，因爲礫石層疏鬆多孔，水在礫層底部向下潛流。坎井開鑿的方法，先在山麓向上開鑿一條地下暗溝，直達礫石層下的儲水層，使水由暗溝流下。一般暗溝寬約一公尺，高約二公尺，長達數公里。因爲暗溝之內通行困難，所以在溝上每距十至十五公尺，即鑿一口井，以便運出鑿暗溝時的泥土及以後溝內的淤泥。水流暗溝內，可免日射蒸發，溝壁建築嚴固緊密，又可免沿途滲漏。暗溝流水，再由明溝引入田中灌溉。

架槽溝渠的由來是這樣的，左宗棠西征時，張曜率嵩武軍進駐哈密，從事屯墾。發現道光時楊遇春所經營的石城子渠遺跡，爲了防止沿途水流滲失，渠底鋪有氈條，因年久破壞，乃搜購絨氈，整理修復，當時沒有水泥，只得使用這種辦法。

靠山脚雪水多的地方，也和內地一樣開渠引水灌溉。離河較遠又不易掘井地區，於地下適當之處，挖一深坑，積貯暴雨漫流，以備缺水時應用，叫做澇壩。

哈密主要農作物有小麥、高粱、玉蜀黍、棉花、小米、葡萄及瓜果。哈密瓜呈橢圓形，大如枕頭，表皮碧綠如玉，上有白色網紋，極爲美麗，瓜皮極薄，瓤呈黃綠色，入口融化，毫無渣滓，味甜如蜜，香氣四溢，爲瓜中極品。清代列爲貢品，於瓜未熟時摘下，由快驛傳遞。日行八百里，十二日後至京師，而瓜剛熟。清末以其勞民傷財，下令停免，改貢瓜乾。因哈密瓜糖份特富，切條晒乾，味仍香甜。或結成瓣，或環成餅，可歷久不壞。馬哥孛羅遊記中有如此記載：「此地出產世界最良的甜瓜，居民切作瓜條，在太陽下曝乾，旣乾食之，其甜如蜜。」地名方面可能馬哥孛羅記錯了，實在應該指的就是哈密，而不是撒普兒干。除了哈密瓜外，還出產蘋果、梨、核桃。葡萄產量之多，品質之美，可與吐魯番媲美。新疆有幾句諺語：「吐魯番的葡萄，哈密的瓜，庫車的秧歌一枝花。」本縣還出產鹿茸。因爲北山中有紅松林，中多麋鹿。鹿茸遂成爲此間珍貴產品。

哈密的手抓羊肉，最爲肥美香甜。抓飯尤別饒風趣，把生羊肉切釘，摻和其佐料，和米一同下鍋，蒸熟。味道鮮美異常。還有一種「饢」，大如巨盤，用麵粉製成，中和鹽韭芝麻，置土爐上烤熟，味極香美，並可久貯，爲旅行時最佳乾糧。哈密的氈靴尤爲精美耐穿。

閒話南疆

新疆眞是一個多采多姿的地方；這裡有攝氏四七・八度的最高溫度，也有零下三八・二度最寒冷的冬天；這裡有一點水都沒有的荒寂沙漠，也有終年靠捕魚爲生的漁人。在地圖上我們只看到一片大戈壁，殊不知在戈壁中，就有幾條大河，河邊長滿蘆葦，河中滿是游魚、野鴨和天鵝，悠悠地停在河畔，野驢、野羊還有野駱駝到處奔馳。這裡有最甜的水果，最香的稻米，最好的棉花，還有最漂亮的美人。「吐魯番葡萄、哈密瓜，庫車秧歌子一枝花。」凡是到過新疆的人，沒有一個不驚服中國的偉大。初夏黃昏，伴着美人，騎着駿馬，馳騁在博斯騰湖畔，平原綠野，小河垂楊，北望天山，積雪皚皚；南望大湖，碧波萬頃，眞是飄飄然如臨虛御風，羽化而登仙。

南疆在新疆省內自成一個地理單位。天山峙於北，崑崙屏於南，帕米爾障於西，南山列於東，羣山環繞中便是中國最大的盆地——塔里木盆地。盆地四週，山與平原之間，點綴着無數綠洲。盆地西部是著名的塔克拉瑪干大沙漠，東部是遷徙不定的羅布泊。也許若干萬年前，整個塔里木盆地都是羅布泊的湖底，如今羅布泊只剩下一池鹹水了。大下的河流都是越到下游越大，南疆的河流却正好相反，每條河在源頭都波瀾壯闊，越到下流水勢越小，最後幾乎完全消失。塔里木河有四大水源：從北面來的阿克蘇河，從西面來的喀什噶爾河，從南面來的葉爾羌河和闐河，四河相滙，才叫塔里木河。下游又和渭干河，孔雀河，時分時合。一路積納了這麼多的支流，如今居然流不到羅布泊，到了婼羌附近的臺特馬湖便停止不前，現在注入羅布泊的只是庫穆河（時常無水）。羅布泊眞是一個怪湖，我國古代叫蒲昌海，又叫泑澤，斯文赫定把它叫做「漂泊的湖」，這個湖南北長一百二十四公里，東西闊七十六公里。從漢代以來，便不斷遷徙。有時候北遷到樓蘭附近，有時候又南遷徙到阿爾金山山麓。湖水北面是淡水，南面却是鹹的，湖畔有一種羅布人，大大的眼睛，高高的鼻子，一頭棕色長髮，潛水的工夫簡直像海底人。他們住在蘆葦深處，駕着獨木舟，拿着魚叉，捕魚爲生，有時候也捕捉野鵝野鴨。除了魚外，他們還吃蘆芽。羅布泊和塔里木河畔的蘆葦眞是高大，粗得像手臂，高度達八公尺以上，比兩層樓房還高。塔里木河上一樣可以行舟，也有以操舟爲業的舟子。在河邊不遠處却是乾燥的沙漠。沙漠中並不都像海邊軟綿綿的細沙，有許多地方都是堅硬的鹽岩，而且高低不平。電影上放映的西亞和北非一步一個脚印的細沙，在我的新疆旅程中竟未多見。因爲山上的冰河越來越少，流下山的河水自然日漸涸乾，更加河流和湖泊一再遷徙，好多古代城市都被埋沒在沙漠中了。沙漠中水分奇缺，有的地方動物乾渴死了，身上的水分完全烝發乾，屍體變成了木乃伊，和我們晒製的南京板鴨一樣。像這樣乾燥的氣候，對古物的保存再適宜不過了。十九世紀末葉，歐洲許多考古學家都來新疆發掘，最有名的像樓蘭古城，吐魯番古城，尼雅廢址，磨朗遺址等，都是震驚世界的發現。在這些地方有漢代人的文書、用具、弓箭，有中國最早的紙張，有漢代的錢幣和壁畫，只要你翻一下斯文赫定和斯坦因的著作，你就知道那裡蘊藏着多少價值連城的國寶。可惜國人因連年戰亂，自己無力發掘，致令許多國寶淪入外人手中，言之實令人痛心。

從哈密西行，經過一段戈壁沙漠，便到了吐魯番盆地，博格多山橫亙於北，覺羅塔格山屏列於南。在羣山環繞中形成一個東西長二百四十五公里、南北闊一百六十二公里的低窪盆地。盆地最低處的覺洛浣湖面竟在海平面下二八三公尺，湖底高度還要低到海平面下三三三公尺，而盆地北面的博格多山又高達五千多公尺。所以坡度非常大，幾乎可以說是「削壁萬仞」，平均每隔一千公尺，地面高度就增到四十公尺。盆地內一到夏天，天氣熱得怕人．民國三十年七月吐魯番曾有攝氏四七・八度的最高紀錄，比臺灣的最高溫度還要高上八度。吐魯番北面的火焰山，赤紅的岩石經陽光照射，好像在冒火焰一樣。到了這個時候，一般人都躲到地窟中去避暑，街上除了炎炎的烈陽外不見人跡，眞像死一般的靜寂。入夜天涼，市場上燈燭輝煌，熱鬧異常，在普遍缺少夜都市的西北，這眞是一絕。到了冬季，吐魯番一樣可以冷到零下二十四度。除了暴冷暴熱外，還有終年吹不完的西北風。在博格多山和喀拉烏山之間有一個斷谷，準噶爾盆地的西北風帶着大量細沙吹入吐魯番盆地，盆地的北部便形成了廣大的沙漠帶。

吐魯番盆地共有三縣，東爲鄯善，中爲吐魯番，西爲托克遜；另外還有一個大鎮——魯克沁。鄯善是歷史古地，也是一個擁有五萬人口的縣治，盛產棉花瓜果。尤其鄯善所產的哈密瓜才眞是極品，比哈密所產的還要好。由鄯善而行經魯克沁、喀拉和卓，便到吐魯番縣城。此地西漢時爲車師國，東漢時班超的都護府就設在這裡，北魏至隋均爲高昌國，唐太宗改爲西州，安西都護府最初就設於此。全縣約有人口八萬，水利發達，物產豐富，生長期多達八個月，一年內可有兩熟。主要農產品有棉花、大豆、小麥、大麥、小米、芝麻、桑樹等，葡萄尤爲著名，皮薄漿甜無核。葡萄酒比法國貨還要甘美。所謂「葡萄美酒夜光杯」就是指的這種酒。葡萄乾更是美到極點。吐魯番有新舊兩城，舊城俗稱漢城，爲政府機關所在地；新城又叫回城，是商業區域。由吐魯番西南行六十公里，便是托克遜，俗稱九台，民國十七年後始設縣。托克遜海的水自西北流來，一年四季河中均有流水，棉花葡萄產量都相當豐富。

由托克遜西南行，越過滿南曲斯山口，便到焉耆盆地。這裡是南疆風景最美麗的地方。海都河從天山東來，注入博斯騰湖，湖水南流入孔雀河，最後注入塔里木河。博斯騰湖烏孜別克語叫做巴格拉昔，意卽「夏季遊玩的地方」。湖的面積約一千四百多方公里，水深約十五公尺，是新疆境內最大的淡水湖。這裡氣候溫和，夏季可達三十七度，全年雨量約一百零六公厘，眞是最理想的宜墾宜牧的地方。盆地內住民多是從事畜牧的蒙胞。馳名世界的新疆馬便產在這裡。這種馬身材不大，性情馴順，跑起來特別快，在短距離內汽車都跑不過牠。淸河子焉耆之間，景色之秀麗，簡直無法形容。北望天山頂上，潔白的積雪與天際的浮雲，相映相掩。山腰中又是一片蒼翠，俯視地下，平原茂草，小河垂柳，牛羊成羣。南望大湖，碧波蕩漾。孔雀河由喀拉德根和波羅哈丹兩山之間，流入塔里木盆地。到哈滿溝時，河谷甚狹，尤其到了鐵門關，河流被兩面高山擠成一線，由高而下，如萬馬奔騰，如銀河從天而降。附近居民引水設置水磨，磨製麵粉。焉耆盆地內有焉耆、和靖、和碩三縣，住民多蒙古遊牧族，孔雀河畔的庫爾勒和尉犂則以農業爲主。庫爾勒土地肥美，盛產小麥、稻米、高粱、棉花、小米，水果多而且美，蘋果、葡萄、桃、梨、杏等，應有盡有。鐵門關的梨，皮薄核小味甜，可算塞外極品。暮春三月，桃、梨、杏等，百花齊放，那種綺麗風光，倘若搬上銀幕，將不知要顚倒多少衆生。尉犂縣在渭干、孔雀、塔里木三河的下游。德門堡爲塔里木河改道的樞紐。這裡以前曾經盛產老虎，現在甚少見到。庫爾勒之西約兩百公里，卽是輪臺，漢代曾於此置屯田兵。輪台英吉沙之間有葦湖，是當年班超與焉耆王的古戰場，輪台之西便是庫車，古名龜茲。這一帶土地平坦，氣候溫和，土壤肥沃，水源充足，是南疆最富庶之區，住民以維族爲最多，女郎尤具健美爽朗，能歌善舞。集剛健婀娜於一身，充滿了青春的活力與氣息。婦女們經常頭上帶着一朵小花，特別逗人。「庫車秧歌子一枝花」就是說這裡的美女。她們雖無蘇杭佳麗的柔若無骨，却有盛開玫瑰的嬌艷奔放。庫車的黑羔皮，輕軟光澤，堪稱皮貨中的珍品。大小佛洞的壁畫，尤爲美術史上的偉構。

阿克蘇，烏什，疏勒，莎車，號稱維族四大城市。阿克蘇土質肥沃，稻米產量甚富，棉花產量僅次於莎車，居全省的第二位。工商業尤其發達。從阿克蘇有水路可直達尉犁，陸路更是南疆交通孔道。烏什在阿克蘇以西一百公里，位於托什干河南岸，靠近蘇俄的吉爾吉斯共和國。疏勒位於噶什噶爾河水田區，東有伽師，西有疏附，三縣共有人口約七十萬。這裡有一條東西長八十公里、南北闊五十公里的水草田區，農業發達，人口稠密。疏勒古爲東西交通樞紐，是中國通西方的門戶，今更爲國際通商都市。英、俄、印、阿的商人經常來此經商，英俄均於此設有領事。疏附距疏勒僅十三公里，住民有六萬多人，是塔里木盆地內最大的都市。莎車在葉爾羌河水草田區，此一田區南北長達一百五十公里，東西寬約五十公里，人口約六十萬，棉花的產量居全省之冠，稻米產量亦甚可觀。由此東南行可達印度，西南行可至阿富汗，是新疆西南部的重鎮。

總之，南疆有說不完的風物，有取不盡的寶藏，非身歷其境者實無法想像她的偉大。

廸化風光

天山北麓，山與盆地之間，有一條一千公里長的綠色地帶。天山像一座畫屏峙立於南，準噶爾盆地似一片錦毯展鋪於北。山頂上白雪皚皚，山腰中古松蒼翠，山下到處湍流飛瀑，平原上蒼蒼茫茫。從鎮西到博樂，一路上流水人家，茂草牛羊。這是北疆的精華，也是全疆最美麗的地方。鎮西古爲蒙新要道，伊犂則是西疆門戶，鎮西伊犂之間便是新疆的省會廸化。

從哈密西行，經三堡、瞭墩、十八坡、玉萬泉，便到七角井。從這裡北走奇台、阜康，西走鄯善、吐魯番，都可到達廸化。七角井是天山中的一個山間盆地，是有名的颺風的地方。古代號稱「風災鬼難之國」的黑風國便在這裡。每當中午過後，常常會平地颺起一窩旋風，挾帶着大量黃沙，越轉越快，越轉越大越高，像一支大圓柱一樣直上霄漢。人馬萬一不幸走進風眼裡，一樣會被捲上天去。在甘新公路通車前，這裡已是馬車大道。車夫們爲了祈求路途中車輪不被巨石撞破，來往時都在路邊一塊奇形巨石上抹一點膏車的滑油，算是向所有的石頭行賄，古代邊塞旅途的艱難可想而知。從七角井西北行至頭水入木壘河縣界，便算是北疆了。木壘河漢爲蒲類國，唐置蒲類縣，明爲衞拉特之和碩特部，淸初爲準噶爾台吉遊牧地，入民國後始設縣，准由俄境遷來的哈薩克族遊牧於斯。由木壘河經舊奇台便至奇台縣城。奇台舊名古城子，原爲北疆貿易中心，東走哈密，西通廸化，北達阿山科布多，東北聯烏里雅蘇台，東連寧、綏。每當秋冬駱駝起廠時，一列一列的駝隊，響着叮叮噹噹的駝鈴，往來蒙新草原。由平津西來的京廣雜貨，由新疆東去的毛皮土產，都靠這些沙漠之舟來運輸。一到春夏，駱駝全身脫毛，疲憊無力，便須趕往山地放牧休息，叫做下廠。駱駝下廠後，蒙古草原上的運輸便形同停頓。奇台有灌溉渠道二十四條，長達八百公里，水田約二十萬畝，農產品暢銷於阿山、科布多及烏里雅蘇台一帶。滿城產枸杞，品質較寧夏枸杞還好。南山中盛產藥材，貝母尤爲出口大宗。所以有「金奇台銀綏來」之稱。南山腰中一望無際全是原始森林。樹木因年深日久，常無故自焚。奇台以北戈壁中有一廣大煤礦，從明代末葉起一直燃燒至今，已燒陷一長三十餘里闊五六里的深溝，白晝煙霧瀰漫，入夜光焰熊熊，煞是奇觀。當地人在噴煙上放置大石，久之，石上凝結一層白色結晶體，叫做腦砂，是一種很有名的藥料。奇台的白乾酒尤爲著名，凡是到過新疆愛好杯中物的朋友，對吐魯番的葡萄酒，奇台的白乾，無不念念不忘。

由奇台經孚遠、阜康便至廸化。廸化舊名烏魯木齊，位於烏魯木齊河兩岸，是新疆全省行政中心，也是新疆最現代化的城市。城區位於河東北部，商埠位於河東南邊，後來又在河西開闢新市區。舉凡現代都市的一切設施，這裡無不應有盡有：電燈廠、電影院、電話局，無不設備齊全。省銀行的宏偉大厦，擺在今天的臺北市也毫無遜色。新疆學院的紅牆紅瓦，新大樓的富麗堂皇，在內地的學校也很少能與比擬。平坦寬闊的柏油路上，奔馳着各種車輛。郊外飛機場上，不時有班機起落。公共馬車漂亮而舒服，沿途有固定的站口可以上下，比蘇州閶門到玄妙觀的馬車不知要好上多少倍。督辦公署是那末莊嚴而神祕，公署內的東大樓、西大樓、東花園更爲著名。南關是商業區，中外客商，歐亞名產，滙萃畢集。新疆十四個種族：漢、滿、蒙、回、維吾爾、哈薩克、塔吉克、烏孜別克、塔塔爾、塔蘭其、索倫、歸化、錫伯、和柯爾克孜，這裡都有。各族文化促進會眞是名符其實的人種展覽館。吃的東西，東南西北，漢滿蒙回，諸色俱備。麵食中的「囊」，米食中的抓飯，更是別具一格。馬奶和馬腸子尤爲奇。味夏秋兩季有吃不完的各色鮮果，春冬時期鮮果雖然少些，但是那些香甜的果乾比鮮果味道更雋永。歐美的葡萄乾不是溼的發黏，就是硬的乾巴巴的，新疆的果乾，則乾濕合宜，軟硬適度，聞起來就是一陣清香，嚼在嘴裡眞和仙丹一樣。市場上熙來攘往的客商，穿着各種不同的服飾，操着各種不同的語言。站在南關大街上，看看維吾爾女郎的健美爽朗，二轉子的高矮豐瘠適度，哈薩克女郎的皮衣皮帽，那種視覺上的享受比臺北西門町要高級多了。街道上熱鬧而不雜亂，安靜而不冷清。自由自在地漫步，用不着擔心飛馳的車輛。從從容容地選購東四，不必顧慮誰會擠着你。有北平的安適，但比北平多了一種朝氣，有上海的繁華，却沒有上海的塵囂。

廸化的冬天，連頭帶尾將近五個月之久。一到冬天，草木搖落淨盡，郊外一片空曠。天是那末的高，地是那末的大，縱目遠眺，眞是海闊天空。有人說美國的月亮份外明亮，我說新疆的天特別高。因爲氣候乾燥，經常天高氣爽，所以天也就顯得特別高了。寒夜星月淸輝，漫步河邊，山高月小，水落石出。月光映照在白雪晶冰上，柔和、清澈，猶如一個歡樂的美夢。西湖上的月光朦朦朧朧，似微醺的美人。春江花下的月色，柔膩迷濛，使人發生遐想。烏魯木齊河畔的寒月，聖潔脫俗，簡直不知道如何來形容。飄雪的日子，天地間，紛紛揚揚，像撒鹽，像飛絮，像玉龍飛鬥，像銀浪翻滾，大地一片粉妝玉琢，屋脊上，樹枝頭，壓滿白雪，眞是瓊樓玉宇，玉樹銀花。嚴冬雖然有零下三十四度的酷寒，可是並沒有一點不舒服。幾個好友，圍着一爐烈火，爐子上煎着濃茶，爐子內爆着玉米花，夜晚熄了燈，圍爐夜話，天上神仙都會羡慕。年輕的一輩，河面上有的是冰，山坡上有的是雪，任你滑，任你笑。塞外的春光來的特別遲，妝扮得特別艷，好像京朝名角，在千呼萬喚中始姍姍登台，一亮相便與衆不同。農曆三月，冰消雪融，麥苗吐青，楊柳迎風。剛覺着草色遠看近却無，一忽兒即桃李爭放。這期間無時無刻不在轉換，無時無刻不使你感覺到大地生命的跳動。夏季草原上，野花怒放，騎着大馬，趕着牛羊，高歌一曲天地闊。水磨溝的清流柳蔭，西塞公園的水木清華，任你憩栖，任你遨遊。公園中的閱微草堂據說是紀曉嵐的舊物，膾炙人口的閱微草堂筆記即由此命名。登樓遠望，山光塔影，沃野平疇，心曠神怡，俗念俱消。幾陣秋風，大地頓成五顏六色的染缸，駝隊起廠，羊肥馬壯，策騎荒原，彎弓射鵰。不管甚麼時候，甚麼季節，廸化都會使你意興飛揚，生趣無窮。

到了廸化不去天池，就猶如到了杭州不遊西湖一樣令人不可思議。五嶽歸來不看山，遊過天池後對於天下山水也有這種感覺。天池古名瑤池，瑤池仙境便是此地。天池在廸化東南一百多公里，在天山主峯博格多峯的北坡，海拔約二千八百公尺。由廸化乘汽車經阜康到板廠驛，再騎馬登山，約兩三小時便可到達。天池東、西、南三面都是高山，北面是一條自然形成的石壩。池周約十二公里，水深達一百零五公尺。東面山上，石峯矗峙，有達摩殿、觀音殿諸名勝。東南爲博格多雪峯，終年積雪，潔白如玉。天池西南遍山都是原始的針葉林，林下堆積着幾尺厚的落葉，遍地都是雪蓮。黃羊、野鹿以及各種各樣的野生動物，悠遊自在。微風過處，松濤澎湃。池畔有福壽寺，再上去是八卦亭，東嶽廟。山上有頂天石，巨石孤立，好像一根巨柱頂着天際。由此可俯視準噶爾盆地，遠眺博格多峯積雪，盪胸生浮雲，決眥歸飛鳥，處身其間，眞有飄飄欲飛之感。巨壩的東端有天然的溢洪口，壩下有小天池，水色碧綠，傳說是西王母沐浴處。所有池中溢出的水都由三工河轉往阜康灌溉。廸化南方四公里處又有紅鹽池水庫，周圍九公里，水深二十公尺，由放水渠和晉庸渠引往廸化附近灌溉。廸化舊爲犯臣充軍之所，像紀曉嵐、林則徐、李端棻、張蔭桓，前後都曾被謫戍到此。白居易、蘇東坡先後乍遷杭州，西湖勝景遂馳名天下；廸化這麼美，又有這麼多的名人住過，爲甚麼其名不揚？看來天下山水也有幸有不幸。

塞上天府——寧夏

黃河流經蘭州後，因爲受六盤山的影響，從金家崖起，折而北流，到了綏遠臨河，爲陰山所阻，復折而東，至河口，又折而南，在寧夏綏遠兩省形成一個馬蹄形的套灣，叫做「河套」。黃河因爲水流湍急，泥沙重濁，更兼水量起伏不定，全流域中很少灌溉和舟楫之利，唯有河套一帶，既通舟楫，又可灌溉，所以有「黃河百害，唯富一套」之諺。河套大致分爲三部份：東部歸綏、包頭一帶叫做前套；臨河、五原一帶叫做後套；寧夏省黃河與賀蘭山之間叫做西套。西套平原是寧夏省的精華地區，風景之美，物產之富，比那江南毫無遜色，所以有「塞上天府」之稱。

從甘肅往寧夏，有好幾條公路，從平涼經固原至中寧。從蘭州經靖遠至永康堡，均有定期汽車行駛，不過最驚險刺激的還是乘皮筏順流而下。行駛蘭州、中衞之間的皮筏，叫「牛皮筏」，是由幾十個甚至一百個牛皮胴製成的。把牛皮整胴剝下來，紮緊頭尾及四足，吹入空氣，用木椽連結成一個長方形的巨筏，樣子和湘西的木排相似，只是下面多了一層滿貯氣體的牛皮胴，浮力特大。牛皮筏以貨運爲主，客運只是附帶的生意，旅客坐在貨物上面，毫無遮攔，一任風吹雨淋日曬。蘭州、中衞之間，河流湍急，又多險灘，稍一不愼，便筏散人沉，所以每一個筏子都由一個老水手領航，叫做「把勢」。行經險灘時，把勢站立筏頭，手執竹篙，一面指揮筏夫划船，一面東點西撐，威嚴武勇，直如大將指揮千軍萬馬。

從蘭州橋頭登筏，展開行李，長舖大蓋，高臥筏上，隨流而下，兩岸樹木屋宇，瞬息飛逝，輕快飄逸，如達摩渡江，如列子御風。過了金家崖，即進入桑園峽，兩岸石壁峭立，中流奔騰澎湃，比長江三峽尤爲粗獷豪邁。三峽雄偉中尚帶嫵媚之態，驚險中猶有峯廻路轉之妙，桑園峽則大氣磅礴，一瀉千里，峽中處處湍流險灘，步步驚心動魄。其中「煑人鍋」、「洋人招手」，尤爲驚險。「煑人鍋」是一個大漩渦，皮筏萬一不幸被捲入漩渦中，兩個轉圈，即被吸入水底，故皮筏經過時，先擺向漩渦外圈，停槳不動，等到快要廻旋時，猛划幾下，利用水漩的離心力與划力的和，筏子便輕輕渡過，若擺向漩心或爭先擺向漩外，結果都非沉不可。「洋人招手」有點像三峽中的「照我來」，河流從高處奔瀉而下，冲向巨石，忽然一個猛拐彎，筏子對準巨石衝去，堪堪要相撞時，用篙子向石上一撐，便轉向急流而下，因爲浪花冲天，整個筏子都隱沒於浪中。

在這一帶航行的筏夫，必須膽大心細，臨危不亂，要靠「穩」、「準」、「狠」三字訣，稍一疏神，便要葬身魚腹。河岸兩旁，重山疊疊，地瘠天旱，草木稀少，唯有靖遠比較熱鬧富庶。靖遠中和堡之間，有木船擺渡。甘寧公路便在這裡過河。過了靖遠，河水改向北偏西流，經五佛寺，出長城，又改向北偏東走，到了沙坡驛再進入長城。沙坡驛是甘寧之間的重要門戶，西憑沙梁，南臨黃河，隔河與老軍台山相望，河身至此，束成一線，激流飛湍，終歲不凍，秋冬之日，碧綠見底，河清海宴，信非虛語。由此北行二十公里至中衞，便進入西套平原。

西套平原，南起中衞，北至磴口，全長約二百餘公里。賀蘭山障於西，黃河繞於東，平疇沃野，溝渠縱橫，從秦代起，中華民族便在這裡修築渠道，墾殖田畝。賀蘭山像一鈎新月一樣包圍在平原的西邊，成爲蒙古草原和西套之間的天然疆界。山腰有歷代所築的邊牆，以防胡人南下牧馬。沿山又有許多口子，作爲套西和蒙古的交通孔道。賀蘭山東西長二百五十公里，最高主峯三千六百公尺。由於山上有一種樹木，青白如駮，北人呼駮爲賀蘭，所以叫賀蘭山，蒙古人則叫做阿拉善山。

中衞，漢爲朐卷縣，隋唐均爲鳴沙縣，元歸應理州，明洪武三十二年建寧夏中衞，屬陝西都司，淸雍正三年改中衞縣，屬寧夏。縣城建於明正統年間，淸代康乾兩朝一再重修，北背邊牆，南倚大河。東則靑銅牛首鎖鑰河門，南則香巖雄峙列若屏障，極具形勢之要。黃河從此以下，直到河口，均可通航木船。境內有美利渠、新渠等水利工程，可資灌溉，物產豐富，人煙稠密，爲寧夏南部首縣。農產有小麥稻米雜糧等。小麥於二月中旬播種，先把種籽和肥料拌和在一起，撒向田中，到了四月澆水一次，五六月又各澆水一次，即可收穫。稻米的種植法和南方不同，採用直接播種法，減少插秧的麻煩，也用不着鋤草施肥。其法先把田犂好整平，灌滿清水，即撒佈種籽，嗣後時時灌溉，不使水乾，到八月底便可收穫，產量相當可觀。北至包頭，南至西寧，西至永登，東至平涼，所有這一地區內的白米，大多數均取給於此。黃河對岸的中寧(寧安堡)，盛產枸杞，中藥店的「寧夏枸杞」、「中衞枸杞」；以寧安堡所產者爲極品，年產約一千五百擔，實大肉肥，藥效特強。近年來臺灣盛行種植枸杞，不知道是品種欠佳，還是土質氣候不宜，種出的枸杞，樣子倒還有點像，但是全沒枸杞的藥效，用寧夏枸杞泡酒，早晚小酌一杯，隆冬嚴寒，手足發熱，毫不畏冷。賀蘭山盛產甘草，每年行銷平津約一千餘擔。紅棗更是中衞的大宗輸出品，年產約兩千餘擔。桃梨瓜杏，亦質美量多。縣城內關帝廟，構築雄偉，香火鼎盛。康熙年間，廟與清眞寺相接，因爭地而起糾紛，有陳希修者，爲此事直訟至京師，至今正殿西側尚有陳公祠，寧夏境內以中衞縣回教徒最少，也是由於這一紛爭的緣故。城北有玉皇閣，閣依北城牆而建，底七間，中五間，頂三間，一棟一梁，皆依陰陽五行配合，巧妙精奇，嘆爲觀止。

從中衞東北行，經石空、渠口，至廣武。廣武在清代爲人才滙萃之地，名將如俞益謨、趙良棟、梁朝桂，都出生在廣武。城北豐樂莊卽兪家舊宅，宅北四里處有兪墓。城南十里碑爲兪氏當年衣錦還鄉時下馬處。兪氏以提督之尊，返鄉時，到此卽下馬步行回家，以示對故鄉父老的尊敬，古人不以富貴驕人之風範，實令人欽佩。一般人每以寧夏爲塞外荒寒之區，殊不知寧夏開發之早，遠在秦代，至今尙有秦渠、漢渠。據說都是秦漢時代的遺物。五胡之亂，赫連勃勃築統萬城，高十仭，基厚三十步，堅可礪刀斧。勃勃以叱干阿利爲匠作匠，阿利性巧而殘忍，蒸米築城，錐入一寸，殺作者而並築之。凡造兵器之工人，弓箭射甲不入，斬弓匠，射穿甲冑，則斬甲匠，所以兵利城固，雄據一方。故老相傳，統萬故城就在銀川附近。降及南北朝後期，更爲兩間王氣所聚，一時帝王輩出。隋文帝和唐太祖的父祖輩都生長靈武，深受寧夏河山的薰陶涵養。唐代於此置朔方節度使，兵馬之强，甲於天下。肅宗卒能因之平定安史之亂。地靈人傑，在史籍上斑斑可考。

廣武附近的淸銅峽，爲黃河入寧夏後的第二重門戶。大壩對岸的金積堡是同治回亂時馬化龍的老巢，湘軍名將劉松山就是戰死在這裡的。同治回亂，寧夏和甘肅受禍最烈，直到今日，還到處都是殘垣敗壁，滿目瘡夷，尤其寧夏和隴東，更是元氣大傷。其實所謂「回族」，根本就沒有這個種族。回教和道教、佛教、基督教一樣，只是一種宗教信仰，我們不能說某人奉了基督教便是「基督族」，爲甚麼奉了回教便說是「回族」呢？我國的回教徒分爲兩類：一類是新疆維吾爾族回教徒，普通稱做「纏回」，一類是漢人改信回教，通稱「漢回」，都和由突厥人演變而來的土耳其人沒有關係，更和原屬於閃族的阿拉伯人攀不上一絲一毫血緣。中國人對于宗教向來都採取兼容並包的態度，一個人同時可以做佛教徒、道教徒和基督徒。中國的廟宇更是「聯合陣線」。各宗各派的神祇，可以在同一祭壇上享受信徒的膜拜，中國人絕不會爲宗教的事情發動戰爭。回教之所以特殊，不在宗教信仰，而在生活習慣，一般漢人以猪肉爲主要副食，回教徒則禁食猪肉，此外別無不同。滿清政府爲了便於駕御，故意離間分化，遂致糾紛迭起，地方糜爛，言之痛心。左宗棠當年平定西北回亂，馬福祿、馬福祥、馬安良輩出力不小，彼輩固皆回教徒，當時謀亂者未必盡回民，平亂者亦未必盡非回民。

銀川市舊名寧夏，因爲和省名相同，諸多不便，始改今名。這裡是寧夏省會所在地，也是全省最現代化的都市。街道整齊，治安良好，爲內地所少見。過去赫連勃勃及元昊兩夏的國都，先後均設於此，今更爲蘭州、西安、包頭三地之總樞紐。寧夏省十四幹渠，多數都經銀川附近，大河以南有天渠、漢渠、秦渠，大河以北有新渠、大清渠、唐渠、漢延渠、惠農渠等，水利事業，異常發達。物產豐富，人口稠密，一派江南氣象。市內平津晉陝各幫客商雲集，出口貨以藥材皮毛爲大宗。寧夏羔羊皮襖爲海內極品，毛色潔白，毛絨細長多捲曲，輕暖華美，遠勝狐皮貂皮。筆架山的紫石硯，溫潤細緻，磨墨易濃而又不粗，且久貯不乾，誠文房四寶中之極品。花馬池之鹽，大有取之不盡，用之不竭之概。磴口以西的吉蘭泰鹽池，東西長六十里，南北廣五里，入水四五寸，即可見食鹽，潔白一如水晶。花馬池產鹽根，為一種透明方形結晶體，大者如蠶豆，小者僅如米粒，用開水冲飲，可清肺火，治療眼疾，尤具神效。寧夏地多鹼質，房屋牆垣最易倒塌，居民先以方磚砌牆，高尺許，上敷蘆桿一層，再用土坯砌於蘆桿上，以便隔斷鹼氣，這也是一種特殊的建築法。銀川有北西兩塔，北塔原名海寶塔，相傳為赫連勃勃所建，塔高十層，登塔遠眺，景物絕佳。西塔在西夏承天寺舊址，初建當在西夏時，歷代一再重修，今塔已不知是何代所建。

賀蘭山西麓的定遠營，是山後的行政和貿易中心，銀川以北的石嘴子是著名的皮毛集中地，附近遍地皆煤，惜未大量開採。再北至磴口，便是寧夏北境門戶，蒙漢貿易多於此進行，著名的吉蘭泰鹽池，便在磴口以西四日路程。

總之，「天下黃河富寧夏」，寧夏眞是塞上天府。

憶曾祖·懷故鄉

我是在曾祖父母九十雙壽那天生的，當我懂事的時候，他老人家已是滿頭白髮，一大把雪白的鬍子飄盪在胸前，兩撇壽星眉像簾子一樣遮在眼睛上，每天出入都騎着小毛驢代步。曾祖父的小黑驢眞乖，每當出門時靜靜地站在門口，等着家人把曾祖扶上鞍去，走起路來總是那末慢條斯理，到了目的地後，又靜靜地站在那裡，等人把曾祖攙扶下來。除了有時把我帶在鞍後外，曾祖父從不准家人護送。在家鄉周圍二十里附近，經常可以看到我們一老一少騎着毛驢慢步。在驢背上他教我念詩，給我講故事。故鄉的老老少少，不論坐車的、騎馬的，見了我們都要下車下馬問候。曾祖父也必停下來和對方閒話幾句，所以小黑子也就養成了習慣，一見對面有人走來，定要停一下才走。

聽說曾祖父年輕時，在同治年間，曾經率領族人抵禦過回亂，村後南山上有一個殘破的大堡，就是當年村人聚族自保的地方，每年八月十六，曾祖父總要帶了香燭紙馬到那裡去拜祭。那真是一個好玩的地方，東南西三面都是懸崖峭壁，北面堡城下有一條很寬很深的壕溝，只有一條小道直通堡內。頹廢的城牆上依稀可以看出槍垜。每面峭壁上都有像蜂房一樣的三層窰洞，每個窰與彼此相通，總出入口則在堡內地下。這些洞如今都是狐狸的巢穴，很少人敢到裡面去走動，那一帶還有一種很奇怪的鳥，叫的聲音和狗吠一樣，每年曾祖總是上午到達，燒化紙錢後，他老人家在堡中這裡走走，那裡摸摸，一句話也不說。到了中午從懷中掏出曾祖母手烙的蕎麵煎餅吃幾口，直到日落西山，才下山回家。他甚麼事都給我說，唯有當年抗暴的經過隻字不提。後來我才知道那是一次慘絕人寰的悲劇。全村三百多家大小男女兩千多口，死守三年，最後僅剩下一百二十一個人得逃活命。

我家住在一個很偏僻的鄉村，遠離縣城一百里，距鎮公所也有二十多里，那時候縣鎮官吏除了征糧征稅外，甚麼事也不管，鄉裡人從沒有見過警察，更不懂甚麼民法刑法，根本不知道法院在甚麼地方。大家只是照着祖先傳下的規矩過活。我們朱家九輩子沒打過官司，村子裡五十年沒出過命案。大家有了甚麼糾紛，都來請求曾祖公斷。曾祖根據事實情理，風俗習慣，秉公裁決，使得各方心服口服，天大的事，只要曾祖一句話，便煙消雲散。

每年十月一，秋收完畢，村子裡人齊集在山神廟前，宰幾頭山羊酬謝神明，同時商討那條路該修，那條堤防要補，如何分攤人工材料。沒有主席，沒有開會儀式，大家圍着曾祖父蹲在向陽避風的山窩裡，隨便談談，等到事情商量好，鍋裡的羊肉也煮熟了，由掌勺人平均分配給各家各戶。吃了十月一的酬神羊肉後，牛羊便可以隨意散放在田野中，不必再派專人看管。這時田裡的莊稼已經收完了，地面開始上凍，麥苗也不怕被刨壞。直到次年春分，麥苗翻新，羊羣便須上山，不得任意再在田中牧放。秋收完畢後，是村子裡男婚女嫁的大好時光，不管那一家有甚麼婚喪喜慶，曾祖父一定參加，去了定坐上席。不分貧富親疏，一律致送銀元二元。那時候物價便宜，一塊錢可買一百八十個鷄蛋，兩塊錢的禮已是很厚重的了。婚喪大事在貧困的鄉村中是一筆很重的負擔，為了應付這項意外開支，有老人的人家聯合起來組織一個「孝義會」，會中那家老人去世了，其餘各家湊集一定數額的款項，幫助喪葬。有孩子的人家又合組「添丁會」，大家羣策羣力，輪流為孩子們娶妻成家。這些會曾祖父都是義不容辭的倡導者。村頭文昌廟裡有一間私塾，平常日子裡只有七八個蒙童，一過十月一，便熱鬧了。因為農閒無事，家家戶戶的小孩都去上學，讀一些「三字經」、「百家姓」、「七言雜志」、「莊農雜志」，在外面上新學堂的人也趁着放寒假入塾讀四書五經，這些臨時學生的學費，全憑家長量力隨心，幾個鷄蛋，一隻鷄，半吊制錢，多送不拒，少送了也不嫌棄，書籍文具全由學田收益項下支付，老師忙不過來，曾祖父常跑去義務幫忙，還有後村的九太爺更是每天必到。

吃過臘八粥，把鑼鼓搬出來，放在大廟前向陽的空地上，讓孩子們敲敲打打，算是催臘，當天氣晴和的日子，曾祖父總是到村人慣常晒太陽的山窩裡，和一些老年人談談心，說說故事，他講得三國演義和隋唐全傳好聽極了。九太爺的七俠五義也是百聽不厭。那時候抽鴉片和賭博的風氣很盛，只是我們村子裡沒有人敢抽鴉片，更沒有人敢賭博，吃了年夜飯，才可以鬥紙牌，一過二月二便要收起來。平常的日子裡，誰要鬥紙牌，村子裡的人便把他抓起來綁在廟前大樹上打屁股。正月裡，白天家家戶戶輪流請吃春酒，夜晚輪流到各家門前廣場上耍「社伙」。在廣場上圍一個圈子，四週點幾個燈籠，演員便扮起各種角色在圈子中演唱，還有「弦子」「胡琴」「笛子」等伴奏，演員觀衆都是村子裡的熟人，特別親切熱鬧。過了二月二，便一切恢復常態，開始工作，種田的種田，出外做事的出外做事。村子裡凡是出遠門的人都要來向曾祖辭行。不管老少貴賤，曾祖總是用紅紙包一塊銀圓作爲程儀。回來時又要向曾祖請安。除了婦女和六十歲以上的老年人外，大家一到村口大槐樹下都要下馬步行回家，誰也不敢騎馬進村。有一年高三叔在外面作了官，帶了八個配手槍的衞隊騎馬進村，當他帶了許多名貴的禮物來看曾祖時，曾祖說甚麼也不收他的禮品，還說：「你爺爺當年結婚時穿的那件舊長袍還是借來的，你爹討你娘時的錢還是大家湊的，你如今作了官了，就把出身根本都忘了！」說得高三叔滿面通紅。村子裡的人沒有一個敢穿華麗的衣服，也沒有一個人遊手好閒，誰家的田裡肥料不足，誰家田裡草沒除淨，曾祖父看到了都要罵人。到了立夏，莊稼開始長成，瓜果快要收成，村子裡人又集在山神廟前「立社」，宰一隻黑山羊，把羊頭掛在廟門口，並把應該遵守的公約，用紅紙寫出來貼在牆上，要是誰違犯了公約，便要照章治罪。這樣大家一直忙碌到十月一日秋收完畢。

如今曾祖去世已經三十年了，家鄉不知變成一個甚麼樣子了？

一個平凡偉大的中國人

黃　霧

閒處光陰易過，一晃又是教師節了！再過四個教師節我便有資格從教書的崗位上退休了，二十六年來被我誤過的學生少說也有十個「三千」。雖然他們之中，有的得了博士學位正在作教授、系主任，有的作了議員，有的自己經營着龐大的事業，有的參加了資深優良教師的行列；可是我對他們始終感到無限歉疚。假若有因果報應的話，那末我這些年來的逆境，便是誤人子弟的報應。尤其每當我想起自己往日的恩師時，更慚愧得無地自容。我受到老師的恩惠太多了，而我給予學生的却是那末微不足道。

在衆多給予我教誨、指導和鼓勵的恩師之中，田澍普（再滋）師是令人最難忘懷的一位。每當我意志消沉的時候，只要一想到他，立刻就會心懷坦然，勇氣百倍。田師並不博學多才，尤其不善詞令，根本不配作「教書匠」；可是他本身却是一本活教科書，他把自己的全部生活展示在學生面前，他的一言一行都是學生的最佳模範，他眞是一位道地的「人師」。我初識田師時他已是一個乾瘦的小老頭，一身除了嶙峋的硬骨外，似乎再沒有別的東西，那套破舊的土布中山裝和他的年齡一樣地古老。初次見面的人，再也看不出他曾是甘肅省立平涼中學的校長。他那些節儉、古板、勤奮、熱心的故事，講三天三夜也講不完。連他的學生也都一個個耿直忠誠，刻苦自勵。高原上的疾風勁草，最足以象徵他的品格，灰麵槓子頭養成了他一身的骨氣。

他是甘肅省慶陽縣人。慶陽縣在隴東黃土高原上，那裡本是后稷教民稼穡的地方；可是因爲雨水的缺少，戰亂的破壞，以及軍閥的剝削，農民生活的窮苦簡直到了不可想像的地步。田師出身貧苦農家，年輕時從家鄉揹個小包袱，徒步三百里到平涼來上中學。一路上肚子餓了從包袱中拿出乾鍋盔來啃上幾口，晚上就在客店的門樓下歇息；到了學校，每天課餘之暇，在廊簷之下找幾塊石頭，支一個小鍋，煮碗麵糊吃，比范文正公僧齋劃粥還要艱苦。就是這樣，老天還不讓他安心享受下去。不幸他的尊翁突然謝世，家中三餐不繼，他只得含淚休學，白天耕田，夜晚苦讀；這樣辛苦了五六年，一連碰上了幾個好年成，家人的吃飯問題總算勉強解決了。於是他又到平涼來讀柳湖師範。這時他當年的同班同學有好幾位已經大學畢業，到柳湖師範任教。當年同窗好友，如今成爲師生，他不但不覺得委屈，反而執禮愈恭。師範畢業後，教了一陣子書，積了一點錢，又到河南政訓學院去深造；不到一年政訓學院停辦了，他輾轉流浪到北平，先入輔仁大學國文專修科，畢業之後又想進大學部。雖然每天他只吃一斤大餅，就連這點起碼的生活費用也沒有了。幸而他的堂姪田炯錦教授由海外歸來，資助了他一筆錢，這才使他完成了大學學業。像他這樣的苦學經歷，比甚麼教科書對學生都有激勵作用。

我初謁田師是在平涼中學的校長室。那是一所三開間的平房，正中是客廳兼會議室，右側是他的書房辦公室兼臥房，左側住着他的少爺和姪子，那時候他的少爺炯信兄也正在平中讀書。田師雖然做了校長，仍然煮飯洗衣服。每天天不亮他就起來，打着燈籠到全校巡視一週，讀幾頁書，才叫老校工打起床鈴。他先督率同學到操場上跑三圈，升旗完畢後，照例拿出「委員長言論集」恭讀一篇。我們現在的「讀訓」辦法，早在三十年前他就默默地實行了。上課後，他又督率工人，這裡修修那裡補補，東種一棵樹西栽一盆花。他大力提倡生產教育，鼓勵學生課餘之暇作手工藝、種菜、養鷄；他要求每一個人手腦並用，絕對不允許有一個人做遊手好閒的懶漢。

他的國家民族意識的强烈，幾乎到了熱狂的地步。抗戰時期，每當戰局失利時，他便繞室徬徨，終宵不寐；一聽到前線勝利的消息，又像小孩一樣地奔走歡呼。他並不是把國家民族經常吊在嘴上的那種人。他把自己整個都奉獻給國家。他奉公守法，不妄取分文，不浪費一物。他只用國貨，渾身上下沒有一件外國東西。學校中所需要的物品，只要有國貨可買，不管多麼貴，多麼不經用，他一定採用國貨，絕不貪圖便宜而採用洋貨。好多同學因用日製的獅子牌牙粉刷牙，被他罵得狗血淋頭。有一個時期，通貨膨脹，物價一日數漲；一般公教人員領了薪水，都急着採辦生活日用品以求保值。他老人家還是我行我素，把錢存起來，等到用甚麼東西時再買甚麼東西。人家都笑他傻，他却私下對學生說：「國家到了這種地步，我們不能出錢出力，起碼也不該囤積居奇，助長物價。」他那擇善固執的戇勁更是令人咋舌。他似乎不知道聖人還有「通權達變」的說法。

民國二十五年雙十二事變，張楊羈留最高統帥。他聞訊之後，氣憤塡膺，立刻召集全校師生痛斥張楊罪行。那時候平涼完全在張部控制之下，張部曾派了數位軍官來校宣傳「張楊八大主張」。他嚴詞峻拒，站在校門口不讓那些叛國兇神進來。他那付大義凜然的神情眞像一座天神，師生們都爲他捏一把冷汗，他却毫不在乎。他說：「人只能死一回，與其苟且偷生，不如慷慨赴義。」他認爲義之所在，九頭牛也拉不回來。

他從不會說甜言蜜語，學生們做錯了事，他一定叫去臭罵一頓；只要知過能改，他便忘得一乾二淨。三十年來，他的學生們，雖然沒有甚麼人立大功成大名，却也沒有一個人屈膝降敵，連一個犯法的也沒有。

他眞是一位踐履篤實的教育家，一個平凡偉大的中國人。

長憶賈小庄

到底是秋天了，雖然白天還熱得人汗流浹背，可是一入深夜，陣陣涼風却送來了一絲秋意。要是沒有閏七月，此刻該是中秋節了，滿床明月，勾起了無限往事。

塞上的八月，正是已涼天氣未寒時。大地好似一所染坊，樹上綠的、黃的、紅的、紫的……五顏六色的各種秋葉，一天一種顏色，一天一個變化，眞令人目不暇接。塞上的天空特別晴朗高爽，地上更是「秋山紅葉，老圃黃花」，一行飛雁，幾聲馬嘶，「天似穹廬，籠蓋四野，天蒼蒼，野茫茫，風吹草低見牛羊。」

回想三十年前我初到西寧的時候，正是「落葉滿西寧，秋風過湟水。」在滿地落葉中我住進賈小庄，賈小庄也永遠住進了我的心中。賈小庄是西寧西門外南川河畔的一個小村庄，白楊樹下散居着五七戶人家。她之所以出名，不是由於山水，也不是由於人物，而是這裡有一所學校——湟川中學。抗戰時，管理中英庚款董事會在大後方辦了三所中學，那就是貴州的黔江中學、河西的河西中學，和青海的湟川中學。這三所學校在當時都是極負盛名的。尤其湟川中學更是西北地區首屈一指的學校。湟川是一所很小的學校，全校高初中六個年級只有十班，連同附小總共只不過五六百人，可是在各方面的表現却樣樣出人頭地。

校長王文俊（渭珍）師，北大出身，又是柏林大學的哲學博士。他眞是一位「望之儼然，其卽也溫」的長者，他從沒有急言厲色地說過話，更沒有對誰發過脾氣。全校師生都對他又敬又怕又愛，他能叫出每一位同學的名字，並且還深切瞭解每個人的環境和性向。他主張潛移默化，最反對「朴作教刑」，他所主持的學校從沒有開除過學生，也沒有給學生記過過，在他主持湟川校政的那些歲月中，湟中學生一個個都循規蹈矩，從沒有發生過任何不愉快的事情，就是畢業後到社會上去，也都能潔身自愛。訓導主任靳重言師，北大歷史學系畢業，是一個踐履篤實的君子，也是一個苦行頭陀，教務主任劉雁賓師，也是出身北大，他博學多才，尤擅詞令。他們兩位都是夫妻檔，靳師母作女生舍監，劉師母教初中歷史，老師中也有兩對夫婦，嚴老師和嚴師母，董老師和她的丈夫韓老師，都是最受學生愛戴的好老師。所有老師都居於學校、食於學校，和學生們一同作息研究。唯有教國文的韓老師住在西寧城內，他是青海書香世家，家裡藏有五樓圖書，對譜系學尤有精深研究。他北大畢業後即讀書課徒，當局好多次請他作教育廳長都爲他所峻拒。他每天騎一匹黃馬來校上課，韓老師的老馬也算西寧一絕，他自詡他的愛馬爲「老黃忠」，無論到甚麼地方，不必拴，也不要人看管，牠會乖乖地停在門口等着老主人。

湟川是一所沒有圍牆的學校，在一望無涯的田野中矗立着幾幢樸素的校舍，門口白楊綠水環繞着一個大操場。正對校門是一座兩層樓，上面是女生宿舍，下面是各處室的辦公室。大樓兩旁各有兩排西式平頂的教室，大樓後面是禮堂，禮堂兩旁是圖書舘和理化實驗室。禮堂的西邊是教職員宿舍，東邊是厨房和餐廳，再往東有一個四合頭院子，是男生宿舍。所有學生一律住校，除了星期假日，沒有人願意往街上跑，伙食由學生自辦。宿舍由學生自己清掃管理。圖書舘理化實驗室由學生自己看管，升降旗以及各種課外活動一律由學生自己來作，甚至連一年一度的全校運動大會也由學生自己規劃實施，老師們被請教到時才表示一點意見。學校中的課外活動眞是熱烈緊張，經常有講演會、辯論會，愛好文藝的自動出刊壁報，愛好體育的自動組織球隊，每個禮拜六都有遊藝晚會，由學生們自己來演話劇、唱平劇，或舉行音樂會，湟川話劇社是西北最負盛名的劇社，不但排演過「野玫瑰」、「忠義之家」、「萬世師表」、「李爾王」等名劇，經常自編、自導、自演各種愛國劇。不但在校內上演，還利用假期到西寧、蘭州各地去上演。

湟川中學的作息時間完全採用日光時間，每天東方剛泛魚肚白就起床，到操場上去跑步，或者到西山去爬山，半小時早操完畢後再集合到操場上升旗。升旗後經常有兩小時的晨讀。學生們拿着書本，在田埂上、小溪旁、綠蔭下，邊走邊讀。老師們也到田間來散步。師生們一邊漫步，一邊質疑問難。頗有古希臘的情調，一到中午午餐後，照例有一小時午睡，下午第三節課是課外活動。這時寢室、教室、圖書館的門統統鎖起來，大家一律到操場上去，由體育股安排各種活動。晚飯後是散步時間，大家三五成羣又到田野中去漫步，晚自習在教室中進行。由各班班長負責教室裡的秩序，有時候學藝股也會來抽查。訓導人員是很難看到的，可是各個教室中都靜得像塔爾寺的大經堂，連咳嗽的聲音都很少聽到。那時候沒有太保太妹，也不知道甚麼叫惡補，畢業生畢業後人人都可以考上三四個大學。教務處爲了應付各大學要求保送的名額，眞是傷透腦筋，叫張三去，張三不去，叫李四去，李四又不願意。每當快要畢業時，教務主任經常到教室去找人勸駕。「××你去上西南聯大物理系好嗎？」「××拜託你去上同濟醫學院！」所得到的答覆十之八九是：「謝！謝！我想自己去考。」

湟川中學的學生生活眞是多彩多姿，秋天西風落照中的南川河畔，一溪秋水，幾聲雁鳴，秋高馬肥時，連人也覺得雄壯，冬天大地粉銀粧琢，到南川上去溜冰，到西山去滑雪，在曠野作雪戰，記得在一個大雪紛飛的日子，宇宙中揚揚洒洒翻飛着鵝毛大雪，我們齊集在操場上聽羅家倫先生演講「新青年」。塞上的夏天來得特別遲，也特別嬌豔，雪消凍解，柳絲吐青，桃李爭豔，麥田中拔草的農婦高唱着「花兒」（西北民歌），連泥土都放出了芳香，草原上的夏天尤其可愛，地上芳草如茵，麥浪如濤，幽靜的馬蘭草把大地粧扮成一個大錦被。假期中攀登日月山，濯足青海頭，那種豪情逸興，眞可使頑廉儒立。

不見賈小庄已二十七年了，只要一閉上眼睛，她的影子立刻映現到心頭。當年的兒童已兩鬢生霜，但願山河無恙，他年歸去，在南川河畔，攜一壺老酒，帶一隻燒鷄，與天地山川共浮一大白。

童心童氣「童院長」

提記童院長，省立××中學，無人不知、沒人不曉。其實，院長姓童，倒是貨眞價實；不但人姓童，還寫得一手「童體字」。雖然年近半百，還是童心未泯；說話走路，待人處世，都不脫童心童氣。至於「院長」頭銜的來出，那就很難說了。他過去旣沒有做過五院院長，現在也不是研究院、救濟院、養老院的院長，爲什麼叫院長？只有留待歷史學家去考證了。

「院長」的現職，是省立×中的設備組長、圖書館長、伙食團長、福利委員、合作社理事主席、天涯小園園主、還兼單身宿舍戶長。

單身宿舍是一幢平房，中間留出一條通道，兩邊門對門，一共排列了二十二間蜂窩式的小房間，另外還有一間厨房和一個餐廳。作家楚卿、畫家王仲章、詩人陳慧、女詞人逸雲，先後都曾經在這裡創作出許多傑作。當鼎盛時代，這裡共住有男女二十一口，總年齡八百八十歲，籍貫包括十三省市。有來自白山黑水的關東大漢，有來自隴上的崆峒和尚，也有海外歸國華僑；有詩人，有畫家，有退休的老將軍，有歸隱的名政治家。但在戶籍名簿上，都屬於院長名下，大家都客氣地尊院長為家長。當年曾有好事之徒，把這裡的人物風景編為×中八景。林劉二老過去曾經先後做過某一縣的縣長，遂被尊為「百里二侯」；林小姐小巧玲瓏，賢淑有禮，身長僅高出飯桌半頭，因之占了「立案齊眉」；王老師未婚妻來訪，誤了班車，晚上又無處安頓過宿，準兩口挑燈夜談，便成了「秉燭達旦」的歷史佳話。屋前屋後，院長都闢為花園，花木扶疏，名副其實，成為「天涯小園」一景。

宿舍中這些來自五湖四海的男女老幼，年齡不同，出身不同，背景不同，生活習慣不同，大家都是站在講臺上教訓別人的人，誰還肯低頭再聽別人的教訓？唯有院長不管這一套，宿舍內外，到處都貼滿了「童體」告示：「大便池不准小便」，「飯廳中不可擤鼻涕」，「煤氣用過後要隨手關好」，「晚上開關門戶要小聲」。飯聽更有「伙食團公約」，洗澡間有「洗澡規則」。誰要大膽犯了他的規條，他準會大嚷大叫。不管你平日和他多麼相好，不管你來頭多大，他都一視同仁，當面照刮鬍子不誤；即令因之吵架，他也在所不惜。好在他姓童，童心童氣，吵過架之後，不出半點鐘，他又會找你言歸於好。

每天破曉，他老人家拿着掃帚畚箕，從東掃到西，從前掃到後；把一大幢宿舍，裡裡外外掃得一塵不染。然後又拿了鋤頭，去經營他的天涯小園。天涯小園一半兒在宿舍前，還有一半兒在宿舍後；兩下合計占地三百一十八坪，全由院長一人獨資獨力經營。四周圍着整齊茂密的冬青，園中盡是些稀奇古怪的花木。只要打聽到哪裡有什麼奇花異樹，他必不惜千方百計地弄回來種植。石門水庫的紅紫藤，省議會不知名的藤蘿，阿里山的七角楓……他這裡應有盡有。唯有草本花卉，卽使你免費奉送，他都不要。他說：百年樹人，十年樹木，唐松漢柏，象徵漢唐人物的魄力和遠見；草本花卉易開易謝，種植的人只貪眼前歡，全無長久打算。

園中有一株葡萄，每當結實的季節，要是哪一家小鬼妄想偷採，他便大喊大叫，一直追到那小鬼家裡和他們的父母理論。他像看守金庫一樣看守到葡萄成熟，採下來平均分送全校每一家嘗新；實在不够分配了，他會偸偸地到街上去買些回來搭配。輪到他本人，只剩下三五顆焦黃乾癟的小粒；坐在電視機前，口中嚼着葡萄皮，還不住地「嘖嘖」稱贊。有一年園中曇花盛開，院長也顧不得夜黑路不平，挨門挨戶去請同事們來欣賞，並免費代爲拍照留念。還選了幾張比較好的，遠寄給美國西班牙等地的舊同事，告訴他們故園曇花盛開。

院長府上的老爺電視機，猶如廟會中的野台戲，任何人都可以隨時來觀賞。倘若你肯奉送幾句廉價的贊美辭，龍井好茶、幸福牌香烟，立刻就敬獻到你手上。一些小孩子多的人家，爲了貪圖清靜，吃完晚飯把孩子都支使到院長府上去；不但飽看太空飛鼠，還可以吃到糖菓。就是有一樣，千萬不可亂動他那些破報紙、爛雜誌。他有十二年一份不缺的報紙，有從第一期起的今日世界、傳記文學，還有數不清的從拾荒人手中買來的破書。對於一切廢物，院長都抱着人棄我取的態度；他家裡都是別人棄置的廢物，在他却一樣也不是廢物。一些破銅爛鐵，他都派上了最恰當的用場。破痰盂、爛水桶，用水泥一糊便成了美麗的盆景。包裝紙拿來作書皮，斷腿佛像刻圖章。他府上還兼營資料供應社，不管你要甚麼資料，一找到院長，保管不會空手而回。

院長還有一絕，就是酷嗜攝影，他自誇「賽過高嶺梅，氣死郎靜山」。一有空閒，就抱着破照相機窮拍；誰要請他照像，他不但自備膠捲，還代付沖洗費。不過倘若不是勢不得已，還是不佔這個便宜爲妙。他照像要人家擺好姿勢，東瞄西照，照好一張像，會叫你站得兩腿發痠；倘若你認爲照得不好，他會找你一拍再拍，直拍到你點頭認「輸」爲止。

他最愛湊熱鬧。全校同仁，婚喪喜慶，他從不忘記送禮。他有一本黃曆，上面密密麻麻地記滿了某人壽誕，某某結婚紀念，某家孩子生日，誰家女兒出嫁，誰的兒子結婚；不管人家慶祝不慶祝，到時候準會備一份禮物送去。要是有人請他赴宴，不管多忙多遠，他都要趕去叨擾兩杯。院長酒量有限，但特別愛鬧酒，和這個碰杯，向那位敬酒；一有他在座，場面準會熱烈得一塌糊塗。逢年過節、星期例假，他常愛出去走動走動。院長出門，那可熱鬧了。大包小包，朱太太愛吃的苗栗霉乾菜，王小妹喜歡的柿餅；送黃家的榨菜，送趙家的香佛手……他就有這個記性，哪一家甚麼人喜歡甚麼，他都記得清清楚楚。他去人家作客，從沒有空手去過，回來後還要再補上一封謝函。出趟門回來，又忘不了給左鄰右舍帶點時鮮土產。他雖然生長浙江溫嶺魚米之鄉，却偏嗜好吃餃子。李太太是校中著名包餃子聖手，週末例假，常請同事學生吃餃子，當然也忘不了院長。院長向來是無功不受祿的，這下院長可無法施展了。他不會擀皮，又不會包；可是他還不會閒着，他忙着拍蒼蠅，數數兒，抽空子上街去添買點滷菜水菓回來，算是個小意思。

六年前，一個颱風侵襲的晚上，戶外颳着十級狂風，屋內一片黑暗，人人都龜縮在房子裡。突然一聲巨響，院長急忙跑出來察看，看有沒有什麼事故？發現一株大樹折斷了。當巡行到林老師宿舍門口時，聽到裡面似乎有呻吟的聲音；他推開門用手電筒一照，啊！林老師得了急病，發高燒。院長先叫醒林老師隔壁的小劉來看顧病人，自己冒着狂風暴雨上街去請醫生。深更半夜，又是這麼大的颱風，好容易敲開了幾家醫院門，可是沒有一個醫生願意出診。颳颱風的深夜，哪裡也找不到車。大家都束手無策，院長說好說歹，懇求工友老王幫忙，兩個人用竹床把病人抬到醫院；醫生說是胃出血，要立刻輸血，必須先繳一千五百元費用，才肯施救。林老師平常就寅吃卯糧，袋內空空如也，院長身上也只有百把塊錢；他急忙跑回來，挨門挨戶叫醒人，一個個地借湊。十元二十元，湊了半天，還離目標太遠；虧他頭腦靈活，竟想出了一個絕招，見人就脫手錶。又捧着五百多塊錢和八個手錶，急奔到醫院去作抵押，硬逼着醫生給林老師輸血急救。

有一位離開學校已經有好幾年的老同事，當年在校時不見得和院長怎麼特別親近，而且還爲了芝麻粒大的一點小事和院長大吵特吵過。後來聽說那位同事臥病八卦山，院長不遠百里，連忙漏夜趕去探視。發現那位朋友處境奇窘，他毫不猶豫地回來把照相機被服等一股腦兒送往當鋪，換錢代那同事付醫藥費；他又冒暑奔波，找那同事舊日的學生朋友捐助。因爲院長的精神感召，這些人一個個慨解義囊，湊了一筆相當可觀的醫藥費，使那位朋友足足在醫院裡養了一年。在這一年中間，院長不是親自跑去探望，就是左一封右一封地寫信去安慰。連醫院裡的護士都爲童院長這種偉大的精神所感動。

還有一個和院長僅僅同事半年的老頭子，在他寄居宿舍期間，因不守院長的規條，和院長鬧得幾乎對簿公堂，還是楞小子小劉和張老表把那一仗給接下來。後來，那位老頭子常年失業，到處告貸過活，每當走投無路時，便去找院長，每次院長都不會讓他空手回去。

有個學生把學費亂花了，又不敢回家去要，揑造了一套謊話向院長哭訴，院長毫不考慮地爲他繳了學費；後來西洋景拆穿了，他把那學生叫來臭罵一頓。第二學期，那位同學又如法炮製，他還是照借不誤，只淡淡地說了一句：「這次可不要騙我！」別人勸他不要那末傻，他說得更妙了：「一個人第一次說了謊話，第二次說的不見得還是謊話。」

院長對自己可不像對別人那麼寬厚。他自奉儉約，簡直到了刻薄的地步。兩件破布袍，還是十八年前從溫嶺原籍帶出來的。一套西裝，一雙布鞋，只有出門時才穿一下。平常足下老是一雙破布鞋，一頂老式軍帽剪去帽沿便算是睡帽。那付近視眼鏡，更有進博物館的資格。一星期內吃幾根爛香蕉便算「進補」了。他香烟盒中永遠有兩種香烟，「幸福」牌拿來招待客人，自己則吸「新樂園」，有時爲了節省一塊五毛錢，寧可徒步走上兩公里；擠慢車，更是他的拿手傑作。

在學校裡，院長眞正是三朝元老，他雖深通人情，却不諳世故。他不在乎「朝代興廢」，不知道因勢趁利，也不懂韜光養晦。甲作校長也好，乙作校長也好，不管你愛聽不愛聽，看到不對的地方就說，認爲該做的就做。完全對事不對人。任何工作一到他手裡，就會做得有聲有色；人家罵他「本位主義」，他只一笑置之。中校長把他冷凍在圖書館裡，他一面埋頭鑽研圖書館學，一面自費去各大圖書館觀摩，並利用假期接受圖書館學講習。自己動手設計圖樣，利用校中舊木材，監督木工作出一套美觀大方實用的書架桌椅；又發起「一人一書」運動，懇求同仁、學生和社會人士捐贈書籍。一聽說哪裡有書籍送人，他便自出郵票寫信去討；圖書費更被他支配得點滴都不浪費。那些靠人情推銷書刊的遇見他，只有搖頭認輸。幾年下來，圖書館由三千冊破書，突增到六萬大關；而且編目製卡，全是美國國會圖書館的派頭。每當外賓來校時，校長一定要帶着參觀一下圖書館。乙校長把他安置到合作社去坐冷板櫈，他居然也有一套生意經；合作社又變成了師生眼中的熱門地方。他還爭取舉辦合作教學觀摩。一年下來，合管處的獎狀便掛到合作社的牆上。

院長教書，更是十項全能。自己編講義，自己刻鋼板，自己油印，還親自動手替學生把講義裝訂成册。作業簿一到他手上，他更大顯才華，每一本每一頁每一行，都密密麻麻地批滿紅字，連一個不妥當的標點符號都不放鬆。頂上有眉批，末尾有總批。批之不足，還把學生叫來，當面指點：哪裡用辭不當，哪裡文法有誤，哪裡字錯了，哪句話不是這樣說。學生因爲看他的墨寶多了，居然有人學起他的「童體」字來了；這下院長可火了：「這是壞習慣！不准學！」同學們犯了錯，他先罵個狗血淋頭；只要犯過的人點頭認錯，就雨過天晴，忘得一乾二淨。班上倘若有人偶而缺席，晚上他準會騎着單車登府問候。校友們遇着困難，一找到他，他無不盡心盡力地去解決。當年院長戶籍簿上掛過名的「寄居」人，如今做科長的做科長，做校長的做校長，還有作廠長的、開店舖的、作領事的。

院長憑着這些關係，替許多校友解決了工作問題。院長因爲實在太辛苦了，鐵打的人也熬不住這許多瑣事的折磨；有一次病倒了，班上同學好心好意買了一籃水果去看他，哪裡料想得到竟觸動了他的肝火：「老師要吃東西，老師自己會買；你們花你老子的錢還不够，還要拿你老子的錢來作人情，你們還在讀書，哪裡有錢！什麼地方買的，趕快拿到什麼地方退還給人家！你們這麼胡鬧，每人罰寫小楷三百個。」

天下竟有這樣不通人情的人！

管得寬

走廊上到處都是果皮、紙屑、烟蒂，骯髒得連個下脚的地方都沒有。自來水成天價嘩啦嘩啦底直流，不知道是水龍頭壞了或者還是沒有人關。單身伙食團已經停伙兩個禮拜了。不知道哪個缺德鬼在燒電爐，「吧」的一聲，保險絲斷了，全寢室陷入一片黑暗之中；蟄伏在各自小籠子裡的人們紛紛走了出來，麕集在走廊上，像一羣沒頭蒼蠅一樣，詛咒，謾罵……沒有一個人肯去換保險絲，也沒有一個打電話找人來修理。

「要是管得寬還在，就不會有人燒電爐，保險絲也不會斷了。即或斷了，他也會修理好。」老夫子忽然提起管得寬那個老厭物來了。

「要是管得寬還在，走廊上也不會這麼髒！」

「要是管得寬還在，厠所也不會這麼臭！」

「要是管得寬還在，自來水龍頭壞了也不會沒有人修！」

「要是管得寬還在，伙食團也不會拆伙！」

「要是管得寬還在……」

老夫子一起頭，大家七嘴八舌盡說管得寬的好話，彷彿他就是救苦救難觀世音，只要他一來，一切問題都可迎刃而解。說着，說着……話題又一轉到校長身上；一罵校長，老師們的精神可就來了。只有罵校長和談女人才能把這一羣人拉攏在一齊。

「都是××蛋校長把管得寬擠走了，害得老子們活受罪！」

「還不是管得寬揭了他的瘡疤。你知道嗎？今年學生的書單上參考書就列了十一種，一共一百一十七塊八角，這中間的油水是多少？要是管得寬還在，不嚷出來才怪呢。」

「今年的代辦品回扣，每人制服十九塊，皮鞋五塊，書包三塊，皮帶一塊五。」

「招插班生也有文章，管得寬若在，準會提出質問。」

電燈還沒有人來修理，大家由管得寬談到學校，由學校談到教育，由教育談到天下大事，越談越遠，越談越起勁。馬路新聞，鄉老野談，只要嘴上說個痛快，誰管他是眞是假。一陣涼風吹散了浮雲，月光由暗而明，夜深了，大家這才意興闌珊地走回鴿子籠。人人都覺得滿懷委屈，都覺得自己百無一非，別人却百無一是。沒有一個人願意承認自己曾作過撵走管得寬的幫兇。認識管得寬已經十年了。十年前我剛搬進這個宿舍，拿了洗面盆到貯水池去舀水，因爲水瓢沉在水池底下，我便伸手到水底去撈。

「喂！這水是吃的，怎麼可以把手伸進去?!」一個乾瘦的老小子這麼吆喝着，從黑邊眼鏡後射出兩道凌厲的目光。我望着他尷尬地笑了笑，仍然繼續舀水。

「喂！你這人怎麼搞的？髒臉盆怎麼放在水池邊上？」眞是！這個人怎麼搞的？活像一個把門狗，專門欺生。自己新來乍到，還摸不淸他的底細，唯有强忍下這口氣，走着再瞧。

第二天淸晨上厠所小便，宿舍中只有一個小便池一個大便坑，正好小便池前有人，我便站在大便坑上小便。

「喂！大便坑上不要小便，小心小便灑到坑外！」活見鬼，又是那個老厭物，一淸早就觸人楣頭。

「老兄管的事倒不少呀！」我忍無可忍，頂了他一句。

「天下人管天下事，公共衞生要靠大家來維持！」倒霉，又被他搶白了一番。

開學典禮在操場上露天擧行。秋老虎曬得人頭昏腦脹，只有校長、主任和新來的老師坐在前面挨「烤」，一些老老師都到樹蔭下乘涼去了。學生們更亂得像一窩蜂。這時候，那位乾瘦的仁兄在隊伍中跑來跑去，一會兒叫這班站好，一會兒又叫那班不要講話。有的學生暈倒了，他又忙着向醫務室送。敢情這傢伙是訓導主任，難怪他那末愛管閒事。輪到介紹老師時，才知道他叫「管叔安」；和我一樣，也只是小教員一名。我悄悄對身旁一位老師說：「這位管老師管得也眞寬。」誰知那位老師竟噗哧一聲笑了出來。起初我被這笑聲弄得莫名其妙，後來才弄清楚，原來他老兄的外號就叫「管得寬」。

開學典禮後，照例要擧行校務會議，校長、各處室主任的疲勞轟炸，已轟得人頭暈腦脹；好容易報告完結，我們這位管得寬又站起來了：「第一點，學生上下學，秩序太亂，妨礙交通，易生車禍；第二點，厠所太髒，既不衞生，又礙觀瞻；第三點，校院水溝不通，貯積污水，滋生蚊蠅；第四點，宿舍打牌，有干例禁；第五點，女老師奇裝異服，影響學生心理，第六點……，第七點……。」

會議室比菜市場還熱鬧，三個一團五個一堆，高談濶論，不花錢的香烟一支接一支抽，還有的老師趁人不注意時趕快抓幾枝香烟往口袋裡塞。管仁兄眞有大政治家的修養，儘管會議室吵鬧很像麻雀窩，他還是照講不誤；講到第三十八點，校長先生實在忍耐不住了，才急忙打斷他的話頭，大家跟着一哄而散。

會議後到街上餐舘去聚餐，學校包了一輛遊覽車接送，管老兄又忙着跑進跑出、跑上跑下，叫張三，喚李四，生恐別人忘記「吃飯」。到了菜舘，他一會兒到厨房去關照大師傅飯菜要弄清潔，一會兒又到樓上來安排座位，整個菜舘就只見他一個人裡裡外外忙得團團轉。吃飯中間，小劉和老王拚酒，他又自動跑去作公證人；忽而說老王的酒杯沒斟滿，忽而又說小劉沒喝乾，結果「猪八戒照鏡子——裡外不是人」，他還自鳴得意。

我有個隨地丟烟頭的「好習慣」。每當抽到烟屁股時，狠狠地長吸一口，兩指夾着烟頭，由內向外畫半個圓圈，輕鬆自然地往外一擲。一切煩惱都跟着丟得一乾二淨。幾十年來從沒有覺得有甚麼不對。碰上管得寬這老傢伙，可就慘了；每當我以最美妙的姿態把烟頭扔出去時，他便跟在後面開腔了。「喂！香烟頭不能亂扔，萬一引起火災怎麼得了！」

眞是杞人憂天！吃了自己的飯專管別人的閒事，天下竟有這種無聊的傢伙！有心罵他幾句，一看他彎腰駝背檢烟頭的那付可憐相，活像馬路上「拍螞蝗」的。跟這種人還計較甚麼。

王老夫子是上了年紀的人，喉嚨裡痰多，而又牢守着當年作官時的氣派：先有板有眼的咳嗽三聲，然後「呸」的一聲，一口濃痰噴射到地上。聽他那中氣十足的咳嗽和清脆的痰聲，就知道此老來頭不凡，必須肅然起敬；偏偏管得寬這老小子不識相，硬要老虎頭上動土：「喂！王老！

請不要隨地吐痰好嗎？」

「他媽的！老子甚麼世面沒見過；當年在縣政府人堂上還照吐不誤，這個鳥學校裡誰敢說不行？你他媽的算老幾，還不給我滾開！」

管得寬這一下可眞吃不了兜着走，乖乖地拿了抹布去擦。

管得寬是伙食團世襲罔替的「團長」，又是廁所「所長」，還兼走廊清潔員和大門「啓閉官」。這些官銜不知道是誰派任的，反正他都作得很稱職，每天開門關門、掃走廊洗廁所，管柴米油鹽，都用不着人去操心。小張說得好：「他就是這種工役胚子，只配作這種事。」

小李要結婚了，準新郎準新娘還篤定泰山、若無其事；管得寬却沉不住氣了，一天到晚忙着佈置新房，硬逼着新郎新娘陪他上街去買辦用品。新娘厭紅愛綠，新房一切配備都是一色綠的，新郎當然百依百順。老管却不那麼好說話：「喜事嘛！總要有點紅顏色，才現着熱鬧。」

他硬逼小李換上粉紅色窗帘，門口貼上大紅對聯。小李心慈面軟，不好意思過於執拗。哪知新娘來一看，火可大了，差一點「拂袖而去」，害得小李賠了不少不是。

老戴太太十足戰前日本主婦作風，老戴自然在家中擺起老爺譜兒來了。人家夫婦兩個，「周瑜打黃蓋——一個願打一個願挨」，和樂融融。偏是老管看不順眼。

「老戴呀！對太太要體貼點，家裡五個孩子要照顧；太太和你一樣在教書，家裡的事你就幫幫忙吧！」

氣得老戴吹鬍子瞪眼睛，戴大嫂抿着小嘴直笑。

小李太太頭胎孩子難產，老管陪小李在產房門口守了一天兩夜。缺德鬼小張問老管說：「老管！小李的兒子是不是你跑進去拉出來的？」

林老師生病住院，老管比他爸爸生病還孝順，比他兒子生病還着急；又要到醫院奉侍湯藥，又要到處張羅醫藥費。爲了替林老師爭取醫藥補助費，老管還和校長大吵而特吵，差點被校長給解聘了。

學校裡一切婚喪喜慶，管得寬都是不請自到的總提調。不管當事人的主張如何，他一定要貫徹他的三原則：節約，親切，熱烈。他一方面替事主籌劃好每一個細節，一方面又替客人出主意如何送禮，必須使送者受者皆如其份。他自編、自導、自演，別人只有看戲的份兒。飯舘的跑堂一見老管可就頭疼了，所有沒抽完的香烟、沒喝完的殘酒，他統統收集起來，點滴不餘地送往事主家，眞是涓滴歸「私」。他自己從頭忙到晚，往往還得吃「開水泡飯」。

管得寬也有管出問題來的時候。一次他因事上街，看見路邊一羣野孩子用泥巴、石子互相投擲；老管的老毛病又犯了，放下正事不辦，却跑去勸導人家的孩子不要打仗。小傢伙可不是好惹的，呼嘯一聲，泥塊、石頭一齊往他身上投。眼鏡打破了，頭皮開花了；他一手摀着傷口、一手扶着牆跟，一拐一跛地走了回來。

還有一次，一個小孩在馬路當中玩，一輛大卡車風馳電掣而來，眼看就要出車禍了。老管一個箭步竄上去，抓起小孩就地往外一滾，卡車正正擦身而過，端的驚險萬分。因用力過猛，小孩的頭皮擦破了，手脚也受了輕傷，那小傢伙便放聲大哭；他媽媽跑出來一看，只見老管抓着他的兒子，不分青紅皀白，狠狠地賞了老管兩個耳光，還在他臉上吐了一口濃痰。

一幌十年過去了，學校換了好幾位校長，單身宿舍也局面全非，當年的老人風流雲散，換上了一批年輕小伙子。年輕人在大學呼吸了太多的自由空氣，一個個都是走路看月亮的主兒，隨地丟烟頭、果皮、紙屑，深更半夜唱歌跳舞；事關基本人權，誰也不能妨害老子的自由。唯有管得寬不識時務，還掙扎着要維持他的「舊秩序」；不斷地吵架，不住地動抹布笤帚。你不要小看年輕人憤世嫉俗，打起小報告來都是一等一的老手。久而久之，使得校長先生大爲光火。老管不但是單身宿舍的「人民公敵」，而且成了校長的心腹大患。學期結束後，管得寬終於被解聘了。可憐管得寬一輩子盡管天下不平事，輪到自己頭上却一點辦法也沒有了，唯有扛起一肩行李滾蛋。

管得寬走了，單身宿舍成爲眞正自由天地，把大便拉在走廊上都沒有人敢放屁。伙食團拆伙了，厠所走廊髒得一塌糊塗，自來水龍頭流上三天三夜都沒有人來關；大門再也不定時啓閉了，小偷已光顧了兩三次。現在連燈也壞了，各人都守在黑暗的屋子裡享受「自由」。

儒者楷樣

——哭良師沈友琴

一個淒風苦雨的晚上，我急着趕公車去文化學院上課。偶然，在衡陽街口碰見了新竹市立女中的王澤林校長，王大姊一向豁達樂觀，對我這個小老弟更是愛護備至。每次見面都是興高采烈地歡敍一番。這次她竟一反常態，緊握着我的手，一句話也說不出來。

「你到臺北來開什麼會？」我先開口問話。

「我來參加沈友琴的喪禮！」她半天才哽咽着吐出了一句話。

「參加沈友琴什麼人的喪禮？」我還以爲自己的耳朵出了毛病，大概是沈友琴兄的甚麼人過世了。

「沈友琴自己的喪禮！」王大姊已泣不成聲了。

我的腦子中轟然一聲，眼前一陣糢糊，衡陽街上的燈光黃橙橙地像一場惡夢。這不是眞的！不可能！絕對不可能！像友琴兄這樣的好老師、好朋友、好國民、好父親、好丈夫，怎麼會突然夭逝？老天不會這麼昏聵糊塗?!

和友琴初識，那還是民國四十一年的事情。那年冬天，友琴兄從屏東應聘來省立苗中任教。苗中雖然是一所山區中的小學校，但在廖傳淮校長的大力延攬之下，眞是人才濟濟。像張壽平、李士襄、楊胤宗、帥鴻勛諸教授、名作家胡楚卿、譽滿南北美的女書法家酆濟榮、和大名鼎鼎的「童院長」振翰，都是當時苗中的國文教員；英文方面：現在外交部工作的徐領事永增、在美國講學的靳鐵生、擔任了多年翻譯官現在臺中任教的王繼宗、聖約翰高材生歷任教育界要職的巫瀛洲和王澤林，號稱「五虎上將」。在這樣一個人才薈萃的團體中，友琴兄的來臨，當然不易引起別人的注意。而且由於一個小誤會，他還和廖校長戟指相向。起初有人向校長表示對友琴兄的不滿。廖校長說：「一個人肯當面對你說出心裡的不滿，總比背地裡閒言閒語可愛。而且一個人當你在位時敢對你戟指相向，將來你需要他時，他絕不會落井下石。你們慢慢就會瞭解沈老師的，他實在是一個耿介的好人，一個最負責的好老師！」

後來，和友琴相處久了，瞭解也就深了。他是一個道道地地有所不爲的狷者，是一個外面裹着一層冰裡面包着一團火的人。外表上極端內向，內心中却充滿了對人、對事、對國家民族的熱情。他律己的嚴厲超過了苦行僧。對自己任何一點小過失絕不肯原宥。往往因上課時偶而漏寫了一個標點符號，而整天不吃飯、整夜不睡覺。儘管那套英文課本他已教過不知多少遍，每次上課前，他還是一絲不苟地從頭準備好幾遍。學生們對他「奉若神明」，他還是自慚「教學無方」。他總以爲自己教學不理想，時時刻刻謀求進步。現在的中學教師，除了應付教學觀摩會外，大概誰也不曾每堂都作「教案」；唯獨友琴兄還死守着他那套北師大學來的老本領，每一節課事先都作一個首尾完整的教案，而且絕不翻印舊版，每課授一次就另作一次。大家都笑他迂腐，他說這是學以致用。有一次舉行擴大教學觀摩會，推定永增兄主講，友琴兄編寫教案。早在一個月前，他就極其認眞地編好了教案，一再和永增、澤林、繼宗諸兄姊琢磨修訂，一遍一遍又一遍，也不知訂正了多少次。永增兄笑說：「這個教案就是把杜威找來也挑不出毛病。」可是友琴還是不放心，把這個教案又送請他的老師沈亦珍教授仔細核閱過後，才敢付印。他就是這麼一個對自己作的事一定要「責備求全」的人。

他雖然學的是英國文學，教的是英語，可是他民族自尊心的强烈却無與倫比。他最恨「漢兒學作胡兒語，爭向城頭駡漢兒」的洋奴。他教導學生說：「我們學習英語是準備將來吸收英文中所包含的科學知識，不是準備去做西崽！」他除了教學外，和國人談話絕不夾雜半個英文單字。有一次一位外籍名流來校講演，由他擔任翻譯。他把演說者的話翻譯得恰如其份。每一句都是道地的國語，每一句都絲絲入扣，好像演說者本來就是用國語說的。後來，那位外籍名流說了幾句對國人不太尊敬的閒話，這時友琴兄臉色鐵青，渾身發抖，含混地譯過去。講演剛一完畢，他便掉頭而去。學校請那位外賓吃飯要他去作陪，他說甚麼也不肯去。倒是那位外賓很賞識友琴兄，情願以高過教員待遇十倍的厚薪羅致友琴兄，却遭他一口斷然拒絕。

他就是這麼一個硬漢。他教學的認眞負責，也可說世間少有。他從不遲到早退，從不在課堂上講廢話發牢騷。有一年，他最寵愛的長子得了嚴重的腸胃炎，住進苗栗邱內科醫院。他每天晚上衣不解帶地服侍病人，白天仍照常上課。後來孩子進入彌留階段，他還照常來上課。當時有一位同學在週記上這麼說：「看着沈老師汗水濕透衣衫的背影，我不由自主地想慟哭！」那個可愛的小寶貝，不幸在他八歲生日過後的一個午夜與世長辭了。第二天清晨，我們幾個同事陪着友琴夫婦把他安葬在苗栗將軍山後墓地，沈太太哭得死去活來，友琴兄所受的打擊可想而知。誰知送葬歸來，他竟連家門也沒進，就一直到教室去上課。同學們還以為沈小弟已渡過了危險期。直到下課後，我把這不幸的消息告訴了大家，教室裡即時興起了一片哭泣聲。在沈小弟住院期間欠了一大筆醫藥費，院方以為人已死了，自動表示願意放棄這筆債務，友琴兄斷然拒絕了。同學們自動湊了一筆錢，偷偷地替他歸還了這筆債務，友琴兄知道了，堅持要學生們把這筆錢拿回去。不管學生如何涕泣哀懇，朋友如何苦口相勸，他無論如何不肯答應，最後還是他自己賣盡了所有的衣物，淸償了這筆債務。沈小弟死後，友琴兄每天晨昏都獨自一個人去墓地憑吊。爲了免得他觸景傷情，朋友們勸他離開苗中，到臺北一女中任敎。從此我便和他失去聯絡。後來聽說他去了一趟美國，又轉到臺大任敎。

五年前，偶然在臺北到板橋的火車上遇見了他們夫婦，他堅邀我次週去他府上吃飯，我按時到了他那裡，一看他的生活還是那末淸苦。大家談了些別後的瑣事。也談了一些過去的學生的近況。他感慨地說：「學生們都有了成就，我們固然感到喜悅；但是眼看着學生們在學術上的成就超過了我們，我們若不力求上進，萬一落在學生後面，豈不被人恥笑？」我打趣說：「只聽說有狀元學生，沒聽說有狀元老師。過去的學生現在比我們强，一點用不着自愧自疚。」他是一個死腦筋的人，對我這種自我解嘲的說法，當然不以爲然。此後我們一直沒有再見面，聽說他痛下苦功，勇猛精進。今年初，又聽說他去了美國。他甚麼時候回來？甚麼時候得病，我都不淸楚。想不到他正當有爲之年，竟溘然長逝！

他在敎育界辛勤耕耘了二十多年，爲社會國家培植了不少人才。如今他撒手人寰，留下一個毫無謀生技能的寡妻和幾個嗷嗷待哺的幼兒，上無片瓦，下無錐地，連喪葬費用還是東拉西借來的。友琴兄去了，今後孤兒寡婦又怎麼能活下去？「毋爲死者流淚，應爲生者悲哀！」難道我們這些友琴兄生前的朋友、同學、同事、學生忍心讓友琴兄的孤兒寡婦流落街頭嗎？

阿英

三十八年，我應聘到南投山區一所中學去任教，前任不但給我留下了一幢保養良好的宿舍，還給我留下一個忠誠能幹的下女。當我第一次走進那幢建在山腰林中的日式房舍時，院子裡花木扶疏，屋內收拾得窗明几淨，我還以爲誤入他人住宅，屋子裡有一個青年婦人，細條身材，相貌清秀，一身粗布衣服，乾淨俐落，活像一個頗有敎養的家庭主婦，我正準備爲自己的冒失向她道歉，帶我來的事務員介紹道：「這是阿英，前任留給你的下女。」她極度虔誠地向我行了一個禮，立刻忙着爲我搬行李。本來我一個單身漢是沒有能力僱用下女的，可是阿英把這幢房子收拾得這麼好，我怎麼忍心說不要她呢？就這樣她爲我服務了六年。

每天清晨，阿英把四十二疊榻榻米和兩條寬大的走廊擦洗得一塵不染，院中花木都澆好水，當我五點鐘起床走進盥洗室時，雪白的毛巾漂浮在一盆溫水中，牙刷上已擠上牙膏，走進書房，書桌已擦得乾乾淨淨，一杯熱汽蒸騰的清茶端放在案頭。我半生邋遢，可是這六年中，隨便拉出一件衣服，都洗得乾乾淨淨，熨得平平展展。領到薪水，收到稿費，都隨手向抽屜中一丟，一應柴米油鹽開支，都由阿英自由取用，六年中沒有浪費一文，每月增加工資，她總是推三拒四，說甚麼也不肯多拿一文。恐怕臺灣所有請過下女的人，作夢也不會想到有這種事情。

阿英的家庭並不富有，相反地她可能是世上最苦命的女人。她七歲時父母雙亡，由她叔叔收養，與其說是收養，毋寧說是做奴工，每天洗衣服，抱孩子，餵鷄餵猪，吃不飽，穿不暖，時常還被嬸娘揍得鼻青眼腫。十三歲上叔叔又一病不起，狠心的嬸娘抛下一雙親生兒女，另棲高枝。阿英靠着作小販扶養十二歲的堂弟和九歲的堂妹，一個十三歲的小女孩居然能扶養兩個小堂弟妹使他們長大成人，還供給他們讀書。堂弟師範畢業，堂妹也長成出嫁。她這才結婚。

不到三年，丈夫又被日本人征到南洋去作了砲灰，剩下一個酗酒的公公瞎眼的婆婆，和一個剛滿一歲的弱兒，一家四口苦守着一間破茅棚，阿英堅强地挑起了這付重擔，上奉公婆，下育孤兒。她除了替人家作下女外，利用工作之暇，種菜養猪，晚上又替人家縫補衣裳，生活再苦，她咬緊牙關，絕不受人憐憫。

她那耿直的倔脾氣，眞可說「一介不取」。每天帶家人的衣服來洗，連肥皂也分得清清楚楚，絕不肯取用主人一抹肥皂，就是借用一下也不行。她的孩子來玩，我留他吃飯，不論怎麼說她都不肯讓孩子喝一口湯。我替她交涉把學校的廢鷄舍借來養鷄，每天她却免費供給我兩個鷄蛋，還把她手種的蔬菜拿來給我享用。她的孩子眞是逗人喜愛，那時剛讀一年級，她就逼着孩子作功課，每當我教孩子識幾個字時，她便千恩萬謝。

她剛三十出頭，人又長得清秀，看起來約莫二十五、六光景，好多有錢有地位的人向她追求，她都一口拒絕。友人王君在一個事業機構作廠長，假期中來鄉下小住，對阿英敬愛備至，願意出三十兩黃金爲阿英公婆養老，並負責撫養阿英的孩子大學畢業，想娶阿英。阿英的公婆都同意了，阿英本人却始終不肯。她說：「一個女人一生只能結婚一次，我天生苦命，不願意再連累別人。」

皇天總算不負苦心人，阿英的鷄正趕上了「養鷄潮」，很賺了幾文錢，本可以不必再做下女了，她却說她的好運都是我指點的，當初要不是我勸她養來亨鷄，她怎麼會賺這麼多錢？所以一直服務到把我送上北上的火車。如今阿英的兒子已大學畢業，她已擁有一幢磚造平房和一所果園。一個不識字的鄉下婦人居然能這麼堅强耿介，怎不叫人敬佩！

哭依芬

「遠東客機在臺南失事！」

該不會有依芬吧？今天上午我剛給她們姊妹寫了一封信，謝謝她們在年除夕打給我的生日賀電，同時勸她放棄空姐工作。這不但是我的意思，年初二，朱麗、伯雄、孟璋、世強、慶雄來拜年時，他們也曾提出相同的主張。

眞急死人！偏偏這個時候收音機的電池沒電了。顧不得大雨傾盆，也不管馬路上車輛如梭，我衝到對面小店抓起兩節電池便往回跑。跑到了高老師門口，遇見了陳太太，她說：「鍾依芬完了！」我眞想揍她兩記耳光，這是造謠，不會！不會！依芬不會在那架倒霉的飛機上！

雨下得更大，四週一切景物都模糊不清，連我自己的思想也模糊了。我機械地走回去，一屁股坐在沙發上，好久，好久，什麼都看不見，什麼都聽不到。老天！但願這是一場噩夢。

電視機上的新聞報告出來了，不是夢，是血淋淋的事實。我依稀看到她赤脚在我面前走動。過去她總愛光着脚在這間房子裡走來走去。口裡還不住哼着流行歌曲。電視新聞並沒有說機上人員的結局如何？也許她只是受了一場虛驚。像她這樣純潔、勤奮、善良、孝順的好孩子，上帝也會特別照應的。對！她是不會有意外的。我立刻打開收音機，像六年前收聽大專聯考放榜一樣焦急地把收音機轉來轉去，時間一分一秒地過去，心情越來越焦急。唉！完了！連最後一線希望也破滅了，眼前一片漆黑，整個世界都幻滅了！

五年前為了琴愛的夭逝而慟哭，七年前為了淑如的喪母而流淚。今天我竟哭不出聲，流不下淚。心中只是一片茫然，好像脹滿了什麼東西，又好像甚麼都沒有。我只在黑暗的雨夜中，像夢遊者一樣地走着，走着，淒風冷雨，對我的光頭赤脚一點也不能發生作用。

不知什麼時候，我竟坐在教室的課桌椅上，就在這張椅子上，依芬曾經充份顯示了她的才華。那張桌子上是美智，那邊是粹玲，那邊是和香，那邊是崇泉，那邊是朱麗，那邊是秀琴，不對，秀琴已轉學到梅中去了，那是誰呢？大概是黎平吧？也許是殷乃平，還有……一張張活潑、淘氣而又可愛的小臉。

四十九年青年節前夕，我由彰化來到這裡。今天我手上握着的還是彰中軒轅、仲尼、清泉三組同學合送的派克五一型鋼筆。當時我曾爲離開八卦山下那羣可愛的小和尙而啜泣。來到武陵第二天就是青年節放假，接着四月一日校慶，卜校長派我擔任高一乙班導師，校慶要舉辦許多班際活動。我這個新來乍到連一節課都沒有上過的導師，眞不知從何着手。幸而有吳寶琛這樣能幹的班長和一羣好勝的同學，那一年的校慶眞是有聲有色，依芬拿出來展覽的有書法、繪畫、作文，她還參加了籃球和唱歌比賽。這個美麗大方的女孩子多麼逗人憐愛，還有在運動場上出盡風頭的周月雲，富於男子氣概的文小廸，能說善道的李崇泉，明眸皓齒的張和香。很快地我便成了他們信賴的朋友，那時候我那裡是什麼導師，簡直是這羣胡鬧的大孩子中的娃娃頭，連她們的「和尙」、「小蟲」這些外號都是我給起的，經常他們擠在我那間小屋子裡看我吃飯，他們對我毫無隱私，我在他們面前也沒有私生活。有時候我不得不拉長面孔說他們幾句，每次我都得選擇快要下課的時候，一罵完掉頭就走，否則，只要他們作一個鬼臉，准會逗得我捧腹大笑。上禮拜朱麗爲了她的未婚夫沒有給她來信還向我告狀哩！

起初，我絕沒有想到依芬會是孤兒，她是那麼安詳舒展，從不叫苦，從不怨天尤人，學校中的各種費用她比誰繳得都快，一身制服永遠乾乾淨淨，後來我才知道她是班上最窮苦的一個。三十八年，她母親帶着五歲的她和她兩歲的幼妹，逃難到人地生疏的彰化永靖，寄居在屋簷下，她那作營長的爸爸不幸爲國殉難，她們姊妹兩個又體弱多病，部隊聯絡不上，眷糧撫卹一概沒有，只靠她母親的兩隻手作些女紅來過活。直到三十九年，才在老長官大力幫助之下，獲得了遺眷的待遇。我沒有親眼看見她們那時的艱苦生活。我到她家去的時候，她們已遷居僑愛新村，依芬讀高一，依君因騎車傷腿在養傷，鍾老太太正在替人家照料嬰兒。誰會想到在這樣艱苦的環境中會長出這麼一朶奇葩？依芬在學校中一直保持着第一名，靠獎金來維持生活。當時我並不覺得對那個學生有所偏愛，不過同事同學都喜歡對我說：「你的鍾依芬！」後來連我太太也這麼說。

當她們讀高二時我結婚了，我的結婚在依芬班上是一件興高采烈的大事。所有新房佈置都是乃平、寶琛一手包辦。我到彰化去舉行結婚典禮，新房便由依芬、美智駐守。婚後，我每週有兩天不能回家，便由依芬美智陪伴新娘，依芬和美智兩度同學，情同姊妹，可是奇怪的是，美智叫我太太姊姊，依芬却叫師母。我也搞不清他們是怎麼論的。這時候我的家更成了他們班上的活動中心，我沒有什麼招待她們，反正開水買白麵，他們自己會下厨房，自己會搶碗搶筷子。依芬還會煎薄餅。有一年新正我陪太太回娘家，他們來拜年，撲了一個空，用粉筆把他們的名字寫在廁所門上。

高三是中學生要命的一年，對依芬這樣功課好、好勝心强的學生，尤其緊張。這時候依芬、美智經常住在我家中，我陪着她們開夜車。當填報名表時，我們發生了歧見，我勸她讀新聞，她第一志願却填了政大外交系。聯考過後，同學都回來報告戰果，唯有依芬一進門便伏在床上大哭，她硬說她自己考垮了。那年放榜的日子，適值颱風過境，桃園停電，我們焦灼地守着電晶體收音機，當電臺報出依芬依第一志願考取政大外交系時，我一高興，不覺連收音機都摔壞了。好多同學都冒着颱風跑來，好讓我分享他們的快樂。

大一暑假，依芬要找工作，我把她找到家裡來，讓她讀國文、英文、歷史，當時我一心一意想培養她成個學者，後來她却走上了相反的道路。政大鄭震宇教授要送她到美國去深造，也爲她婉拒了，有許多人爲她惋惜，有許多人不諒解她，我深知她的苦衷，她是個極重感情，一飯之恩必報的人，員林實中她的一位女老師得了半身不遂，她一提到就淚流滿面。她母親千辛萬苦把她撫養成人，她怎能捨棄老母而遠走高飛。她曾經有過一個相當不錯的男友，後來爲了母親，毅然斬斷情絲，她是那種不知道有自己的人。他在電視臺工作，往豪華酒店報幕，都是爲了多賺點錢，使老母安享天年，使弱妹安心完成學業。她作空姐完全由於一個偶然的際遇，那時她在觀光局工作，爲復興的經理所發現羅致。本來報幕的工作收入相當不錯，不過我總覺不太適宜，有次我隨便說了那麼一下，她便毅然辭職不幹。現在依君也東吳大學畢業了，當上次中華航機失事後我就想寫信勸她改行，不知道是什麼鬼迷了心竅，直拖到今天上午才寫了那封她永遠也看不到的信。悔！恨！孩子們把我當作導師，我竟眼睜睜看着她去送死！當她大學畢業的時候，本來說好要我去觀禮，結果我爽約了，當時還以爲補償的機會多的是，等她結婚時，我一定帶她進禮堂，誰知？上帝竟不肯給我補償的機會。

也不知道是什麼時候了，一切幻影都消逝了，教室裡一團漆黑，冷風不住地啜泣，老天一直不斷地流淚，我走回宿舍，太太孩子都睡了，當年依芬美智兩個人常擠在一起過夜的那張行軍床，悲慘地躺在客廳裡！

黃　霧

錯誤的選擇

我出生在最偏僻地區最貧困的鄉村裡。家鄉一般人家的男孩子，小時候上山放羊，長大了下田種地，差不多每十家中才能找出一支毛筆；「賚字療飢」根本就沒聽說過，讀書人偶而過年時替人家寫寫春聯換二斤猪頭肉，就算是「硯田無惡歲」了。小時候，父親給我在牛肩胛骨上寫幾句話。白天趕着羊羣上山，一邊走者，一邊拿着牛肩胛骨高聲朗誦；背熟了，第二天擦去重寫。晚上到四叔祖家去讀書。四叔祖是家鄉的「聖人」，他是遜清擧人，精研史學和方志。可惜晚年染上鴉片煙嗜好，終年一榻橫陳；他那座小樓是書城也是愁城，同時又是年青人的禁地。曾祖父因爲他敗壞家風，把他驅逐出族，嚴禁族中子弟和他來往。鄉下人爲了節省燈油，天一黑就上床睡覺。等到曾祖父睡着後，我便偷偷溜到四叔祖的小樓上，在那昏暗的烟燈下，讀四書五經、看資治通鑑。抽大烟的人晚上是不大睡覺的，我小小年紀也跟着熬夜；往往剛讀完夜課回家，曾祖父已扶着拐杖在院子前前後後「篤！篤！」地催大家起床工作。在四叔祖那裡，我不但讀熟了四書五經、了几綱鑑、經史百家雜抄、十八家詩抄，還看了不少舊小說。叔祖的藏書中，除了一萬多卷的經史子集外，還有三千多部舊小說。因爲他老人家完全與世隔絕，這些事很少爲外人所知。當我會看小說的時候，每天都帶幾本小說，趕着羊羣上山，羊兒在山上吃草，我便埋頭大看特看。直到有一天看得入了神，黃昏時羊兒吃飽了自動下山回家，我還在那裡大看「肉蒲團」；家裡人還以爲我出了事，全家出動上山，好容易才把我找到。挨打是免不了，最糟糕的是：在四叔祖那裡讀書的事被曾祖父知道了。而且讀的又是「肉蒲團」，這還了得！曾祖父本來就不喜歡四叔祖，這次更火上加油，鬧得差點要「開祠堂」。我是曾祖父母的「乖孫孫」，怎麼能跟那個鴉片烟鬼來學？曾祖父騎着毛驢，帶着我走進了白水高等小學，叫着校長的「乳名」，硬要他給我安揷個座位。校長的祖父，在同治回亂時，是曾祖父從死人堆中抱出來的，他對曾祖父的話當然只有唯命是從。於是，我便成了高等小學二年級的學生。那時的白水高等小學，只有八十多個學生，一律住校。同學中年齡最大的足足有三十二歲，我這最小的也已經十一歲了。爲了逃避上體育音樂美術，我義務擔任圖書館的「工讀生」。除了上重要課程外，日夜都住在圖書館中；而且晚上照明的油燈由校方供給，不必自已花錢來打油。更可不受熄燈鈴的限制。

有一天偶而看到「小朋友」雜誌舉辦徵文比賽，第一名獎金八元。我半夜裡在油燈下偷偷寫了一篇短文，趁着禮拜天放假回家之便，偷偷摸摸寄出去；起初天天幻想着錄取後的快樂和落選後的悲傷，後來也就淡忘了。忽然有一天，校長叫我去，拿出一封小朋友雜誌的掛號信。起初我嚇了一跳，以爲闖了大禍；等到打開一看，天啊！我竟得了第一名。看着我的文章被印成鉛字，看着八塊錢的滙票，我的心高興得都要爆炸了。八塊錢可以買一千五百個鷄蛋。這是我一生第一次投稿，也是我一生所得到的最高的稿費。

時光易逝，轉眼兩年就過去了，那時高小畢業還要會考，白水小學是第二高小，每年會考的「案首」都是縣城裡的第一高小；這次會考，我居然打破傳統徼倖得了個第一。第一高小當然不服氣，碰巧那時教育局長是我堂叔，第一高小一口咬定考試有弊。主辦當局爲了釋疑息爭，把我會考的作文送到報館發表，這是我第二篇印成鉛字的文章。

母校的老師也不甘示弱，把我在校中兩年的作文和日記一齊送往報館，逐日連載。後來報館把這些不成熟的東西彙集起來，出了一小本「小學生模範作文和日記」，這是我的第一本書。銷路如何我不知道，他們只送了我一百元稿費，這在我已經是喜出望外了。

考入中學後，就因爲這點因緣，我和報館算是熟人；爲了湊篇帽，他們常向我拉稿。學校每週一次的壁報，也由我主編。我最不善交際，又不懂利用老師來支使人，壁報根本要不到稿子；

無奈，由我一人包辦。只是每篇文章後隨便綴一個化名，這就養成了我後日隨時更換筆名的壞毛病。每學期結束，由校中國文老師就壁報中選出若干篇文章，印成單行本發售，並贈送各中小學。當然，選來選去大部分還是我的文章。

這時雖然寫作甚勤，但是已經發覺自己根本沒有文藝天才。梁任公說：「南方之人，靈活慧秀，適宜於做詞章之學；北方之人，樸實厚重，適宜於治經史。」當時我還沒有能力來辨別這個看法的是非，但從心底裡已萌出了這一生絕不能走寫作這一途徑的念頭。

到了初二，因爲家庭發生變故，輟學到蘭州甘寧電信管理局工作。每天擬幾件文稿，登記幾則人事資料，不到一小時便可辦完。但是規定必須八小時長坐在辦公桌上，而且不准看書閱報。爲了打發時間，爲了存幾個錢再復學，我便拚命地寫；散文、雜感、短篇小說、故事新編，甚麼都寫。爲了先投寄重慶西安一些有名的報刊，萬一退稿了，再投寄蘭州當地的報刊；倘若又被退稿，最後投寄外鎮市的小報舘副刊。每次投稿時都改寫一次，有一半東西都是經過三次修改才被編輯採用的。爲了恐怕編輯先生說我臉厚，每一篇稿子都換一個筆名；有些編輯看得多了，便自動給我選一個固定的筆名發表，我也欣然接受。我並不想做作家，寫作只是爲了消磨時間和賺錢。當時稿紙昂貴，我便用抄報紙代替。後來發現幾百斤作廢的報表，把它翻轉來在背面用油印印上格子，便成了高級稿紙；只是油印的地方寫不上字，塗改非常困難。在電信局兩年期間，我寫了三百多萬字，賣出去的也將近兩百萬，稿費收入却非常可憐。有些外鎮市的小報，採用了我的稿子却不寄分文，頂多送一兩月報紙，我還是照寄；因爲稿紙墨水旣不花錢，賣廢報紙的錢足抵郵票的七八倍。回想起來眞是可憐，但當時我還是樂此不倦。

復學後，我一心想學數學，寫作自然少了；但是爲了繳伙食費、學費和買書，還是不時地寫。這時退稿的次數少了，稿費收入反而增多。當抗戰進入最後階段，我毅然投筆從戎，加入青年軍；軍中生活多采多姿，有的是寫不完的資料。於是我又大寫其報導和遊記，連上每一個人的名字都被我選來當過筆名。這時，我自己常用的幾個筆名也逐漸受人注意。

勝利後駐防北平，一個非常偶然的機會，陰錯陽差，我又和粉筆結上因緣。那時有一位老師正在北平辦中學，校中學生非常囂張，一連趕走了幾個國文老師；教育圈內的人都不敢到該校去任教，他便叫我去兼課。事先我也不知這種情形，便貿然接受了，因爲當時我雖然已經兼了三個差使，可是工作都很輕鬆，樂得給老師幫幫忙。上課前兩週，學校就把課本送來。我花了整整十天十夜的工夫，把課本中的二十八篇文章和十二首詩六闋詞，背得滾瓜爛熟，每一個標點符號都仔細研究了。當我第一天上課時，一進教室學生就嚷起來了：「娃娃老師！」「娃娃老師！」我等大家聲音稍微平靜後說：「有志不在年高。我誠然是娃娃，老師也不敢當，我只是和大家來共同讀書。今天先來試試，大家覺得好，就繼續下去；大家覺得不行，這裡有一封信，郵票我都貼好了，麻煩你們投到郵筒裡，下次我就不來了。」我把事先寫給自己的信交給級長，他們一看信封上的名字，「啊！作家。」因爲當時正好我有一篇東西在報上連載，署名又和那時所用的名字一致。想不到因此竟幫了我的大忙。接着我又來了一記噱頭：「你們用甚麼課本？學校沒有給我說，也沒有給我課本。」（這是我生平第一次騙學生，也是最後一次騙學生。）「中華書局的！」大家齊聲回答。「你們講到哪一課了？」「第三課！」我裝模作樣地走下去看看課題說：「還好！這篇文章正好是我讀過的，不然就要出洋相了！」於是，我便背起那篇文章。有的人說，「不對！是第五課！」我再下去看看課題說：「謝天謝地！這篇文章正好我又讀過。」於是改背這一篇。如此這般，他們考了我十幾篇，我都應付過去。這才死心塌地聽我講授。因爲事先準備充份，一堂課上下來，全班人人滿意；不但沒有砸鍋，反而給他們一個非常良好的印象。後來他們又要求我教歷史。消息傳開了，別的班級也要求我教。那時是學生至上的時代，學校當局不敢開罪學生，而我又分不開身；學校當局便妙想天開，合班在禮堂上大課。我總算幫了老校長的忙，老校長却害了我。因爲從此我便拿起粉筆，足足畫了廿一年。如今還在天天吃粉筆灰。

學生們都是熱情可愛的，大家處熟了，他（她）們天天往我家裡跑。我們談人生、談國事、也談文學。我當時正發狂地搜集舊書，曾經以十袋麵粉的價錢買了某漢奸的一萬多册藏書。幾個年紀較大的學生，常常替我去打聽那裡有當廢紙賣的舊書。愛好文藝的同學，常常拿他們的習作和我商量。我一方面鼓勵他們投稿，一方面自己也拚命寫。爲了鼓勵他們的興趣，往往一篇文章除了題目外全是我寫的，我仍然用那學生的名字發表。一時蔚然成風，班上人人買書，人人寫稿，我也樂淘淘地自以爲在移風易俗。

大陸淪陷，避地臺灣，檢討過去；大的方面我管不了，本身崗位的事情不能不痛加反省。抗戰勝利，搖筆桿的朋友不能說沒有微勞。大陸淪陷，耍筆桿的却不能推得一乾二淨。文人都是敏感的，因爲敏感，對社會的黑暗看得特別清楚，因之形諸筆墨難免偏激。一般報刊編輯爲了投合讀者的愛好，專選富刺激性的文章；流風所及，遂造成一般青年對政府的離心力，因之助長了共匪的兇焰。在這個認識之下，我「深悔少作」，便隱名埋姓，到南投山中一個小中學去教書。三年不進電影院，不坐任何車。除了上課，便關在屋子裡翻譯資治通鑑。整整三年，把一部資治通鑑從頭到尾翻譯成白話文；不爲稿費，不爲出名，不爲出版，只爲了自己瞭解。這其間，難免舊疾復發寫短文，用化名以習作的姿態向報刊投稿。來臺十九年，前後發表的短文還不到五百篇，而且還沒有一篇像樣的。曾祖父臨終時說：「乖孫孫！你要學一點有用的技能，不要像鴉片烟鬼（四叔祖）那樣空讀一肚子無用的閒書。」他哪裡料到他的「乖孫孫」竟靠耍粉筆鋼筆來討生活。曾祖地下有靈，必深悔錯愛了這個曾孫了！

俯首甘爲孺子牛

上完課，已經六點多了。在馬路邊小攤上吃了一碗陽春麵，匆匆趕車回家。前脚剛踏進門，明兒眼尖：「爸爸回來了！爸爸有沒有買槍？爸不給我買槍，我不跟你好了。」一面喊着，一面搶去我手中的皮包，埋頭找他想要的東西。元兒也舉起兩隻小胖手：「阿爸！阿爸！」連爬帶跌地撲向懷中來；我伸手向小屁股上一摸，啊！褲子上都是大便。滿地橫七豎八擺滿了破玩具、紙屑、果皮，還夾雜臭氣沖鼻的大小便。屋子裡擠滿了張三李四家的一羣小鬼，指手劃脚，吱吱喳喳地，不知道是在看電視、還是在談天。

「媽媽呢？」

「媽媽在殺鷄。」明兒搶先回答：「謝媽媽和謝姊姊明天要來！」妻蓬頭散髮，滿臉大汗，張着油污的雙手，從厨房裡趕了出來：「吃過飯了嗎？謝太太來信說：明天要來，我把生蛋的老母鷄殺了。」

一提起謝太太，不由人心中冒火。想當初打光桿時，何等逍遙自在，一個人無牽無掛；每月領下薪水，繳了伙食費，付了洗衣錢，還了香煙賬，一個月的民生問題便全部解決。有錢時，上街大吃、大喝、大玩，錢花光了，便在宿舍中孵豆芽、聽音樂、看書、寫東西。興致來時，四個人拉開桌子，來他個通宵鏖戰。情緒低落時，埋頭睡它個一天兩宿，眞是「起居無時，唯適之安。」一逢年過節，更有那些拖家帶眷的「寃大頭」，殺鷄宰鴨，死拉活拖地請你去賞光。一到假期，更像一朶浮雲，隨意飄揚，天不收，地不管，無拘無束，快樂逍遙，東海散仙也不過如此。偏是謝太太愛管閒事——

「明英呀！年紀這麼大了，成個家吧！隔壁陳小姐，模樣兒俊，品德好，我給你們介紹。」

「明英呀！明天我約黃小姐來吃飯，你快去理髮刮臉，記住明天換件新衣服，看你們有沒有緣份？」

三天兩頭，不是逼着你去看這個，就是硬拖你去相那個，不去嘛，人家可是一片好心；去嘛，那可眞活受罪。挑來選去終於碰上了她，不知道是什麼鬼迷了心竅，我們居然結了婚，從此，一付沉重的枷鎖牢牢套到頭上，我不再屬於自己，而變成了她的丈夫。

新婚對於我並沒有詩情畫意，只是生活方式的轉變；還有，就是永遠擺不脫的責任。下了班急急忙忙地往家裡趕，不然，她會把飯菜擺在桌子上，兩三個鐘頭地傻等。出門辦事，先要預定計劃，告訴她全部行程，最重要的，還要告訴她幾點鐘回來，萬一回來晚了，她便疑神疑鬼，好像是提着頭走路似的。「妻子在，不遠遊，遊必有方。」半輩子從沒作過伙食委員的我，從此也要張羅柴米油鹽；蘿蔔白菜的貴賤，魚蝦雞鴨的鮮臭，這一切一切，都必須從頭學起。小家庭，要想「飯來張口，衣來伸手」，那簡直是作夢。任你再好的涵養功夫，總不能整天袖手旁觀，讓她一個人去忙。妻的身體本來就瘦弱，結婚後一直消瘦下去，牛奶雞蛋不吃，排骨嫌肥，猪肝嫌臭。

在她害喜期間，眞把我整慘了，整天嘔吐，茶不思飯不想；要想吃的，都是些稀奇古怪難找難買的東西。在風雨交加的晚上，我一趟一趟地騎着單車往街上奔跑，買回了這樣，她又改變了主意想要那樣。人一天一天更加憔悴，動不動就暈倒，除了勞碌之外，還得擔驚。

明兒的「光臨」，更帶來了無休無止的瑣事。洗澡、換尿布、沖牛奶、餵藥，一會兒大便、一會兒小便，今天發燒、明天瀉痢。兩個人不分晝夜地奉侍着他，結果還是照顧不週。本來少得可憐的薪水，連牛奶錢都不够，哪裡還有錢付那些嚇壞人的醫藥費！

無奈，只有拚命兼差，白天一個人作三個人的工作，晚上還得跟太太學唱催眠曲，哄孩子睡覺。偏偏明兒作怪，一夜總得哭鬧幾十回，抱着在房子裡走，推着搖籃搖……

明兒剛會說話走路，元兒又來了。加倍的工作，加倍的精神物質負擔。照顧了這個，那個在哭；哄了這個，那個又鬧「阿爸！阿爸！抱！」「爸爸！爬下來騎馬。」「爸爸！做槍！」「爸爸！我要大便！」一家裡被鬧得天翻地覆。宋版書搬出來畫圖，約翰王版聖約撕下來摺飛機，唐伯虎的仕女畫上加鬍子……這都是明兒的得意傑作。你能把他怎麼樣？只要一進家門，就休想有片刻寧靜。

我本來就拙於算計，妻更不會打算，每月一千元收入，却要開支四千；白天拚老命兼差，晚上熬夜編書寫稿。巴掌大的一間宿舍，孩子醒着時不能工作，孩子睡着了不能開燈。沒有辦法，只有到辦公室去打地舖，這辛酸豈是未結婚時所能夢想得到。暑假中，妻帶兩個小淘氣回娘家，好讓我一個人靜靜地工作。送走他們後，花了一個上午，把家裡整理得窗明几淨，沏一杯濃茶，點一支香煙，可是什麼事都做不下去，心中感到無比的空虛，每一件事都覺得萬分的彆扭，這時才發現孩子的哭聲正是世界上最優美的音樂，孩子的吵鬧便是生命的躍動；有了這些，生活才有意義。六年來所以能負起如此沉重的工作，全是孩子給我的力量。生命是一種責任，生活就是義務，唯有家才能啓發我們的責任感，也唯有家才能使人甘心情願地去盡義務。

啊！家，可愛的「枷」

小時候，常聽老人家說：「××這孩子像沒籠頭的野馬，趕快給討個媳婦拴住！」當時並沒有理會這句話的意義，及至結婚生子，才深深體會到這個「拴」字的奧妙。人眞是善於自尋煩惱的動物，好好地「泛若不繫之舟」，卻拚命要找一個「別有繫人心處」的伴兒。有人說：「結婚像秘密社團，還沒有進去的人，拚命想進去；已經進去的人，卻再也出不來了。」

想當初打光桿時，一個人無牽無掛，何等逍遙自在。每個月薪水領下來，繳了伙食費，付了洗衣錢，還了香煙賬，一個月的民生問題便算全部解決。口袋裡有錢時，上街大吃大喝大玩，錢花光了，整天關在宿舍中孵豆芽。興致來時，找四個人扯開桌子來他個通宵大戰；情緒低落了，埋頭睡他個兩天三夜。眞正是「起居無時，惟適之安」。一到假期，更像閒雲野鶴，隨興飄止。

天不收，地不管，活似「東海散仙」。唯有花前月下，風雨晨昏，看人家雙雙對對，卿卿我我，孤燈獨坐，形單影隻，難免打動凡心。不知甚麼時，我竟然也動了結婚這個「歪念頭」。

我的「丈夫」這一頭銜，是經歷了千辛萬苦才弄到手的。當她答應我享有這份榮譽時，那時眞比得了諾貝爾獎金還高興。誰知結婚之後，預期的快樂一件也沒得到，而未曾料到的煩惱却擢髮難數。

結婚後，你便不再是你自己，而成了她的丈夫；你不再是完整的自我，而成了她的另一半。「良人者，妻子所仰望而終身者也。良人朝出而暮不歸，則妻子倚門而望；暮出而朝不歸，則妻子倚閭而望。」家裡有了牽腸掛肚的伴兒，再也不能作閒雲野鶴。出門要告訴她到那裡去，甚麼時候回來。萬一因故遲誤，她便疑神疑鬼，以爲出了意外。飯菜擺在桌子上讓它冰冷，一個人守在門口望眼欲穿。一想到這裡，再好的勝景美事，也留不住如箭的「歸心」。「妻子在，不遠遊，遊必有方。」沒結婚時，老子光桿一條。死了一了百了。碰到使人頭髮立正的事，一口熱血上昇，「老子拚了！」結婚之後，家有弱妻稚子，自己萬一有個三長兩短，兒女誰來撫養？妻子誰來安慰？立刻「英雄氣短，兒女情長」。「身體膚髮屬之妻子，不可損傷。」

民法上規定「妻以夫之本籍爲本籍」，在戶籍上丈夫高踞戶長寶座。但「灶君奶奶」的權威却無所不在，瞻之在前，忽焉在後，如在其上，如在其左右。吃飯睡覺，行動坐臥，無時無刻不在太座法眼鑒臨之下，口袋裡多一毛錢，皮包裡的一張紙條，你都得有個交待。別看她柔若羔羊，「柔弱勝剛强」，天下有甚麼法寶能戰勝柔弱呢？結婚之後，你在她面前便得赤裸裸地，不得有一絲隱瞞，不得有一點「私生活」。「結婚娶妻，妻子與丈夫同在，妻子的權威無所不在。」

自從伴兒進門後，收音機中大鑼大鼓的京戲聽不見了，代之而起的是「迴腸盪氣」的流行歌曲。並不是她禁止你不要聽，相反地，她還作出愛聽的樣子，每一句要你解說它的意義，每一個鑼鼓點都請你講出個道理。爲了省得麻煩，還是自動轉向流行歌曲。西部武打片再沒有我這一號觀衆，令人起鷄皮疙瘩的國片却不斷賺我的鈔票。讓太太陪自己看驚心動魄的槍戰片，不忍心；讓她一個人去看國語片，又不放心。結果，自己變成了太太的「附件」，一切與趣愛好都跟着「主文」轉移。

堂堂七尺，在江湖中也不知經過了多少驚風巨浪。誰知在一個柔順的小女人面前却變成了嬰兒。天冷了，少穿一件衣服不行，胃口不好，少吃一碗飯更不堪設想。偶而打個噴嚏，她便說你感冒了，又是薑湯，又是風邪斯吧，非灌得你告饒不可。倘若你敢任性去打夜牌，那她的花樣可就多了，一會兒送盤夜點，一會兒送件衣服，一會又送一大把賭本，鬧得你倒足胃口，還是乖乖回家抱孩子。

記得有人說：「沒結婚時，常不知道口袋裡有多少錢；結婚之後，口袋裡常沒有錢。」當年亞當偷吃智慧之果時，沒有吞進肚內，那果子現在還卡在男人的喉頭。所以天下男人都是大笨蛋。自己辛苦賺來的錢却甘心情願地奉獻給太座，懇求她來支配花用。討了太太，就等於招來了一個敲骨吸髓的稅吏，她把你的錢全部無條件地刮去，然後又故作大方地佈施給你。

「妻子」就是「影子」，只要在有光的地方，你就擺不脫她。啊！家呀！妳眞是可愛的「枷」！

杯弓蛇影

這輩子已記不清闖過了多少生死關頭，朋友們都開玩笑叫我「聖人」，這並不是說我有甚麼配天地的德，貫古今的道，而是因為我歷經大難不死，算是剩餘下來的「剩人」。在驚濤駭浪中打滾的人，把生死呼吸間的事情看得比吃飯都平常，唯有生活於安樂中的人們，對於突然臨頭的災禍才感到特別驚心，一項驚險的遭遇，當時身歷其境的人還不覺得怎樣，事後回想起來，却越想越害怕。

我是個沒有出息的人，壓根兒就沒想過自己的生死和國家社會有甚麼關係。年青時所以要活下去的原因，是恐怕死了父母會傷心；中年以後不得不活下去的理由，是擔心一旦死了之後，妻子兒女將無人扶養。尤其自從兒女相繼光臨後，對於平安的祈求特別迫切，對於意外災害的恐懼更加殷深。天下事往往不如人意，存心怕鬼，偏偏出門見鬼。是福不是禍，是禍躲不過。

早先舍下寄居在縱貫公路邊，門口日夜都是橫衝直撞的車輛，左鄰右舍，一天到晚煙霧瀰漫。一個不留心，孩子溜出去，萬一被汽車撞上怎麼辦？而且整天吸煤煙也不是辦法。尤其自從那夜大卡車登堂入室後，夫婦倆更是惴惴不安，時時刻刻提心吊膽，說不定甚麼時候大禍臨頭。算了，還是遷地為良。經過兩個月的奔波請託，總算在南投山區一所中學找到了一個職位，附帶還供給宿舍。那是山脚林下的一所小屋，背山面水，茂林豐草，竹籬茅舍，甕牖繩樞，一旦遠離塵囂，歸返自然，那種舒泰愜意就不用提了。孩子們更像放出籠子的小鳥，滿山遍野，追逐歡笑，採野花，捉小蟲，玩得連飯都忘記吃了。滿以為從此安居林下，靜享田園樂趣，誰知却大謬不然。

記得那是一個秋夜，下弦月斜照在床上，我帶着薇薇睡在外間窗前，妻和兩個男孩睡在裡間。正當好夢方酣的時候，一伸腿，脚底碰上一個軟綿綿、滑溜溜、冷冰冰的東西，一陣寒意直刺心頭，也沒有來得及經過大腦，不由自主地把脚猛向往後一抽，立刻驚跳起來，身上直冒冷汗。睜開迷迷糊糊的睡眼，啊！蛇！一條長蛇鑽進薇薇的被子裡去了。我的血凝固了，腦子痲木了，整個身子僵坐在床上，手指着薇薇，竟一動都不能動。妻由夢中驚醒，打開燈，急忙跑出來問：

「什麼事？什麼事？」

「蛇！蛇！薇薇的被子裡！」

「眞的嗎！你該不會看花了眼？」她說着就想伸手去揭被子，我一把攔住她：

「不！不行！萬一蛇受了驚就要咬人！」

「那怎麼辦？」她急哭了！

「快！你趕快去請醫生，帶血清來！快！快！」

「我不能拋下薇薇讓蛇咬！」妻不肯去！

「小聲點！快去山下叫王先生！」

妻倉惶失措地走了，我瞪着眼一瞬不瞬地看着熟睡在床上的薇薇，紅紅的臉蛋上還掛着笑意，被子下也毫無動靜。好幾次我想打開被子，但是都不敢下手，萬一蛇受了驚，一切都完了，上帝啊！保佑她不要動！但願這是一個惡夢！啊！薇微動了！我的心都要跳出胸腔了！她只轉轉頭又睡着了！怎麼醫生還不來！一個世紀都沒有這麼長久，好容易，外面響起急迫的脚步聲，進來的只是妻和王太太。

「怎麼樣了！」妻迫切地追問：「王先生去請醫生去了！」

三個人六隻眼死盯在床上，大家都像泥塑的一樣，一動不動。不知又過了多少時間，外面又響起雜沓的脚步聲，還夾雜着人語，是誰家的狗也跟着狂吠。老王、小李、老劉，都來了，還有「阿巴桑」也來了！我也無暇去看！

「醫生呢？」我劈頭便問。

「醫生說沒有血清，來了也沒有用！」老王無可奈何地說。

「那怎麼辦呢？」大家七嘴八舌，有的主張打電話到臺中去請醫生，有的主張找車子送到臺中去。還是阿巴桑想起街口賣蛇藥的，一語提醒夢中人。

「快！快去找抓蛇的！」又等了很久很久，一個土頭土腦的中年漢子，在衆人簇擁中走了進來，他像救世主一樣走向床頭，也沒有仔細打量，隨隨便便地拉開被子，一條小蛇正盤在薇薇脚下，一看孩子和蛇還有一段距離，我火速把她猛拉過來，她由夢中驚醒，驚惶大哭。那個弄蛇人像揀草繩一樣把蛇抓在手中：

「沒關係！是條小水蛇！沒毒！」

一場虛驚，嚇得人心膽俱裂，第二天趕快搬家，又回到吵鬧的都市中來了。

放學回家

窗外斜飄着細雨，冷風像針尖一樣向人身上到處亂刺。厚重的烏雲壓在屋角上，天像快要塌下來。教室內陰森昏暗。鼻尖上抹着粉筆灰的公民老師，兩手捧着課本在唸經；他那兩隻閃爍不定的眼珠，不時從書本後面溜出陰險的一瞥。一連七節課，累得人腰酸背疼，屁股都快要磨破了。腦子裡塞得滿滿地，再多一個點兒都塞不進去；肚子裡大鬧飢荒，天氣冷得連手錶上的指針都凍結住了。這最後五十分鐘，眞比一世紀還難熬；同學們精疲力盡，連講話的力氣都沒有了。「詩人」在筆記簿上一遍一遍地塗着：「安得項羽咸陽火，燒盡人間難讀書。」「畫家」低頭在畫裸體美人，老張不住地整理着他那早就整理好了的書包。奇怪！大概是所有的錶都壞了？還是打鐘的校工睡着了？怎麼還不打下課鐘……好容易，大赦令響了，大家不謀而同地噓了一口長氣。

眞奇怪！早上明明沒有升旗，這時偏要冒着風雨去降旗。當初不知道甚麼人建議把學校設在這個鬼地方，「竹風」的頭和「蘭雨」的尾交相侵襲，操場上一片泥濘，冷風刺骨。訓導處還規定升降旗時學生一律不得穿外套，同學們彎腰弓背，渾身不住地哆嗦。樂隊的聲音都被凍僵了，好容易才行禮如儀。校長先生穿着厚重的大衣登上講臺，他那一身富態，令人覺得他每一個口袋裡都裝滿了鈔票。校長大人的修養眞到家，不管臺下如何騷動，他還一個字一個字地把他那唸了幾千萬遍的臺辭再溫習一遍，好容易熬到校長背完了，訓導主任又登臺表演他的記性，把校長剛才所講的，一字不易地再重複一遍。臺下都快要爆炸了，教官還是不肯放過練習口齒的好機會，爬上講臺，補充三點，另加注意事項五條。狂風刮走了帽子，密雨淋濕了衣裳。熬着熬着，臺下一團鼓噪，臺上教官的嘴唇還在動。終於教官的手舉向帽沿，同學們轟然一聲，一齊奔向車站；就是慣於衝鋒陷陣的老兵，見了這場面也要心驚肉顫。

淒風苦雨中，一羣又飢又寒的可憐蟲，排了一條長龍，眼巴巴地向南望着望着。一輛公路局的大客車從橋頭那邊出現了，隊伍中一陣歡呼；等到看得眞切，「啊！直達車！」望着這空空如也的車子飛馳而去，心中說不出的氣憤。等着、等着，慢車終於來了；車掌小姐一看下面的長龍，輕悄地吹一聲口哨，也學着直達車的樣子空車疾駛而去。大家顧不得甚麼教育，一切的髒話都出了籠。

既然對那高高在上的莫可奈何，可憐蟲們只有自相殘殺。「智多星」本來排在排尾，他跑出隊伍，藉口和前面的同學講話，趁教官不留神便插進隊伍。別人也想學他的榜樣，他却一派好學生的樣子：「喂！大家守秩序！教官！有人插到隊伍中去了！」教官把那位投機者拉出隊伍，他得意地笑了。

好容易車子來了，在教鞭的權威下，大家拚命往上擠。儘管車子後面還空着，前面的人，一上車就堵住門口，再也不動；隔着玻璃，教鞭也沒用了。「智多星」又嚷嚷了：「喂！前面的仁兄，向裡面走走，後面還空得很，刮風下雨，你們就拿出一點人類的同情心，讓大家都回家不好嗎？」擠着，擠着，「智多星」也擠到車門口；他前脚踏上車板，屁股猛向後面擠來的同學一掀，「瞎了眼！車子那麼滿，還擠甚麼！遲走早走，還不是一樣，眞沒公德心！」

車子一站一站過去，有時停，有時不停。每當停站時，車上的人都叫了：「車子裡這麼擠，還要上人，是不是要把人都擠成沙丁魚，」要是過站不停，車上的人都高呼萬歲，還向鵠候在風雨中的乘客投以「幸災樂禍」的譏笑，好像自己剛才根本沒有受過等車擠車的苦難。這時，我突然想起「人之初，性本善」的作文還沒有繳。

中國舊小說的社會價值

黃霧

看小說是一種享受，看小說考證是一種工作，看小說批評是一種苦刑。一種文學作品，因閱讀者的看法不同，理解不同，體驗不同，自然感受各異。文學批評家硬要別人接受他的觀點，硬要別人和他有相同的感受，其蠻橫霸道，眞不可理喻。

這裡我不想强作解人，佛頭着糞，妄作文學批評，更無意批評新舊小說的優劣，只想從影響世道人心這一角度來觀察舊小說對廣大基層社會的影響。這裡所謂舊小說，包括唐人傳奇、宋人話本、元人講史、元明清章回小說，以及由小說演化出來的雜劇、寶卷、彈詞、鼓詞、皮黃。主要的還是着重章回小說。

舊小說的表現技巧，在新文學作家看來，似乎過於呆板，近乎公式化，缺乏創造力。其實舊小說的表現方法也有他獨到之處。舊小說家敍述一件事情，把時間、地點、人物，交代的清清楚楚。一件事按它發生的時間順序，平舖直敍地寫去，不像新小說，沒頭沒腦，抽冷子從半路中殺出來，令人有突兀之感。他們描寫一個人的動作，把他的心理和企圖都明白解釋出來，甚至還加上作者的批評。看的人不必花心思去猜想。舊小說的人物造型，不必個個都由作者挖空心思去創造，他們可以毫無愧色地從別人的著作中去借用。一般舊小說中的人物都有點京劇中的「臉譜」化。他們不作模稜語，不常寫雙重人格。好的一切都好，壞的一切都壞，用明顯的善惡對比，使讀者產生强烈的是非感，激發人們的正義。舊小說的取材，也不一定要自出新意，舊有的材料，舊有的故事，可以一寫再寫，一改再改，一添再添。三國演義、水滸傳都是經過許多年代許多人的手，才完成現在這個樣子。拿新文學作家的標準來衡量，羅貫中、施耐庵都不免有抄襲之嫌。有好多舊小說，都是不同時間、不同地域的作家，先後集體創作，那些作品可以說是中華民族共同的文學遺產，不僅是某一個人的創作。那時候的作家，不自我作古，不刻意求新。採用大衆最熟悉的材料，運用大衆最習慣的體裁，自然也最受大衆歡迎。因爲好的文學作品，必須能使讀者與作者發生共鳴。作者的思想見解感情與讀者暗合，有些話是讀者想要說還沒有說，有些話是讀者想要說而不知道如何說，作者一旦寫出來，讀者便以爲「於我心有戚戚焉」。

舊小說在起源上，受佛教「經變」的影響很大。「經變」是用故事來演說經文，其目的則在懲惡揚善。中國的眞正小說，可以說到了宋代的「話本」才趨成熟。「話本」是以講故事爲職業的「說話人」的脚本。所以文字必須力求淺顯，人物的動作思想必須交代淸楚。宋代的「說話」雖有「小說」、「談經」、「講史書」、「合生」四家，其中以「小說」和「講史書」影響最大。「談經」專講佛書，「講史書」則講歷史故事。目的都在表揚忠孝節義。「小說」雖專講煙粉、靈怪、傳奇、公案、撲刀、杆棒、發跡、變態。其中仍充滿因果報應、獎善懲淫的思想。所以舊小說可以說是「勸善書」。就連被目爲淫書的「金瓶梅」、「肉蒲團」，還是講因果、勸善行。舊小說實在是中國過去一般民衆的道德教課書和歷史教課書。比今天學校中的公民、歷史效果更大，影響更深。過去中國社會上讀書識字的人很少，讀得懂經書、看過正史的人，少之又少。他們的歷史知識和道德思想，全靠看小說、聽小說、看戲得來的。倫理道德的教育，忠孝節義品行的培養，全靠小說戲劇。宋明理學家對世道人心的影響，遠不如小說戲劇來得深入普遍。因爲理學家的著作只有少數高級知識份子才能看得懂，一般民衆是無法也無緣瞭解的。

舊小說大團圓的結局，最爲一般新小說家所詬病。其實舊小說的特點正在這裡。舊小說家大概都標榜「善惡到頭終須報，只差來早與來遲」。奸臣惡漢縱令一時得意，終局一定遭到應有的報應；忠臣孝子，義士節婦，雖然一時遭遇顚沛困頓，到頭必然正義伸張，享盡榮華富貴，使讀者知道惡不可爲，善必有報。新小說在「表現人生」「批評人生」方面容或超過舊小說，但在「

指導人生」方面，舊小說却比新小說更爲積極肯定。也許有人以爲「大團圓」與事實不符，完全是空中樓閣。因爲社會制度是人創造出來的。人們心中有了一個共同理想，自然就會促其實現。

中國傳統政治作風，只有消極的淸廉主義，缺乏積極的建設性。社會人心的維繫，生活行動的規範，政治方面的力量，微不足道。明淸時代的縣衙門，書吏衙役，總共不過三五十人。警察是沒有的，法官由縣長兼充，法律備而不用。最好的官是「政簡刑輕」，最高的政治理想是「刑措」。小民講究的是八代九代不入公門。各級學校更是有名無實。一般民衆的行爲規範，大半靠「宗法」；倫理道德的培養，則靠戲劇小說。淳樸的風俗、善良的行爲，多半是由小說戲劇所啓發誘導。有些小說不一定在文學上有甚麼崇高的價值，但是它的社會價值却是無與比擬的。紅樓夢可以說是舊小說中藝術價值最高的一部書，但它在一般升斗小民中的影響力遠不如「精忠岳傳」。文人們太注重自己的看法，忽略了廣大羣衆的興趣，殊不知在社會中文人只是少數。民國初年，有一個姓秦的人在河南乘坐手推車趕路，一路上他和車伕談得很投機，等到車伕聞悉他姓秦之後，抽冷子把車子一翻，將那位姓秦的客人狠狠摔到地上，罵道：「秦檜的後代還想坐老子的車！」推起空車掉頭而去。今天臺灣姓岳的人家還不肯和秦姓通婚的。這位車伕恐怕絕不曾看過宋史吧！市井小民，茶餘飯後，看小說、聽小說，生活行動，無形中便受了故事中人物的感染。今天有些人借了別人的錢，眞憑實據還捏在別人手中，就想抵賴倒賬。過去僅憑一句話的債務，當債主嚥氣前，總要設法還清，否則債主去世之後，倘若又無親人，那就永遠無法償還，只有留待下輩子變牛變馬了，這種「神道設教」的辦法，又是鬼神報應故事的傑作。中國佛道兩教的神祇中，多的是小說中的人物。

中國小說在政治上也曾有過幾件特殊重大的影響。明末流寇，就深受水滸傳的影響，他們强調官逼民反，他們主張打富濟貧。他們的稱號、作風，都以水滸傳作藍本。清初反清復明的天地會又取法乎水滸。不過他們着眼於「忠」「義」二字，要「忠」於「明」、「義」於「友」。滿清入關前，行軍作戰，入關後統治漢人，都取法三國演義。他們恩威並施的政策，他們一緊一鬆的治術，無一不是從三國演義中學來的。義和團的思想、信仰、行爲，更是舊小說的集錦。一般考據學家說甚麼義和拳源出白蓮教，或是說甚麼義和團導源「八卦教」，都是皮相之談。人們遇到一件事情需要解決時，總是從已有的知識中去找辦法。那時一般愚民的知識來源只有小說戲劇。試看義和團中的神明：黎山聖母、雲長帝君、二郎、哪吒、孫悟空、猪八戒，那一個不是小說中的人物。

自從新文藝運動發生後，舊小說便日趨沒落，過去北平孔德學校所藏的舊小說多達一萬種以上，今天臺灣市面上能買到的還不到一百種。三十歲以下的人看過舊小說的竟少之又少。武俠小說、色情小說，遂代替了舊小說的地位，其間的功過是非，確實值得關心世道人心的士君子來探討研究。

武俠小說的時代背景

廚川白村說：「文學是苦悶的象徵。」一個時代的文學藝術，必須是那個時代人們的苦悶的發洩，希望的描繪；必須能反應那個時代人們的生活和感受，想法和作法。廿世紀是人類物質享受最豐富的時代；也是人類精神生活最苦悶的時代。緊張繁忙的工作，使人類失去了安閒暇逸；過份集體化使人類迷失了自我。人們不再是自我的主人，反而成爲自己所發明的機器的奴隸。看錶趕車，打卡上班，打卡下班，計算時間用餐，一切都一板一眼。形形色色的形體，嘈雜煩囂的音響，硬擠進眼睛，塞進耳朵，不由你不聽，不由你不看，堵也堵不住，逃也逃不了。羣體巨大的活動，使個體的存在渺不足道。個人不過是巨大裝配線上的一個小零件，一個小螺絲釘，按照事先安排好的規律運行，對於全體整個活動的過程所知無幾，對於生產的成品高不可攀。沒有自作主張的刺激，也沒有成就的喜悅。到處都是一團「擠」「搶」「亂」「吵」，再也找不到「採菊東籬下，悠然見南山」的情緻，再也不能過「起居無時，唯適之安」的生活，「山中無甲子，寒盡不知年。」的隱逸生活只有在書本上才能看到。精神上的極端苦悶，羣體對個體過份的壓抑，不能不另找一個地方來發洩。這種衝動，表現在行動上便是打鬪、滋事、酗酒、縱慾；表現在音樂舞蹈上便是熱門音樂和搖滾舞。一個人悶極了，不由得要貓叫鬼嚎，胡蹦亂跳，無非想藉此發洩胸中的鬱悶，表示對四周排山倒海而來的壓力的反抗。〇〇七電影的受人熱烈愛好，完全由於其中驚險的情節，激烈的打鬪，和火熾的肉慾，這正是廿世紀人類墜落的象徵，瘋狂地縱慾，用酒色、打鬪、犯法來塡補心靈的空虛，是時代的病態，也是時代的心聲。

廿世紀物質生產急驟增加，社會財富大量累積，交通便利，貨物暢流，塡飽肚子，不再是太困難的事，吃飯以外的需要就更加迫切，一方面準備登陸月球，一方面各種瘋狂的宗教如火如荼。人類精神上的滿足是不能用物質來衡量的。常常聽人說，現在的小孩多麼幸福，他們有這麼多的精美玩具，過去的小孩只有簡陋的泥娃娃和毛線球。殊不知泥娃娃對小孩心靈的滿足和電動火車的作用別無二致。有時候單純的喜悅反比複雜的驚奇更容易使小心靈平靜滿足。反觀我國在這最需要精神食糧的時代，文藝界提供了些甚麼？十到二十年代，是現代新文藝的萌芽時期，一切都在學步，可是這一時期的成就還是可喜的，雖然不成熟，但各方面多少都有一點東西拿出來。

三十年代則波瀾壯濶，多彩多姿，抗戰勝利文藝界的功勞是不可抹殺的。三十年代以後，就不知該如何說了。古人也有賣文的事情，但所賣的只是一些碑傳序文諛墓之辭，像陳阿嬌千金買賦的事情，二千多年來只有那末一件。煮字療飢只是說說而已，沒有誰是靠賣文為生的，他們的寫作，全是心有所感，不得不一吐為快，他們的一部作品，也許寫上十年二十年。像曹雪芹那末偉大的小說家，一輩子只不過寫了半部紅樓夢，李白、杜甫若像今天論字計酬來賣文，他們一輩子的著作，最多只不過賣千把塊錢。現在不同了，寫作成為專業化，等稿費買米下鍋的比比皆是。不管有沒有靈感，為了吃飯只得硬擠。今天有不少的作家都著作等身，至於素質呢？那就無暇顧及了。連作者自己都不屑再看一遍的作品，怎麼能滿足大衆的需要呢？於是武俠小說便乘虛而入。武俠小說的讀者，上自大學教授，下至販夫走卒，公開的，秘密的，少說也有兩百萬，平均每十個人中就有兩個武俠迷。每天報紙送來後，首先搶着看的，大多數都是看武俠小說連載，有些人在外面大聲疾呼，勸大家不要看武俠小說，回到家裡却人看而特看，學校裡老師把學生的武俠小說沒收來自己看。不用說，寫武俠小說看武俠小說都是罪惡。為甚麼有這麼多的人甘冒天下之大不韙呢？凡是存在的都有它存在的道理。

當人們對於現勢環境的壓力無力反抗時，常幻想着奇蹟出現，常幻想着有超人的能力來衝破現勢。或者閉起眼睛硬說這種壓力根本就不存在。狼被獵人追急了，找一個洞把頭藏起來，身子尾巴都來不及顧了。小孩遇見可怕的事情，閉起眼睛來，口中硬說：「我不怕！我不怕！」大人們夜半走黑路，皮膚發緊，毛髮直豎，口中却吹着口哨。都是同一心理，自我欺騙，自我安慰，自我陶醉。義和團是這種精神狀況下的產物，武俠小說也是這種精神狀況下的產物。過去神怪小說產生了義和團，今天武俠小說製造了許多太保、太妹、流氓。看武俠小說的人只幻想着書中主角超現實的能力，以求得暫時虛僞的陶醉。明知是假的，但是還强迫自己的理智來信其必有，這和黑夜走路吹口哨又有甚麼分別呢？

在一個動亂的時代，是非失其標準，因果不能產生必然的聯繫。一般人眼看是非倒置，善不一定有報，惡不必有罰。按部就班的努力常遭挫折，行險徼倖之徒暴得名利，滿腔憤懣無處發洩。武俠小說强調强烈的是非感，堅持正義必勝，善人逢凶化吉，惡人必得惡報，一般儒弱不敢面對現實的人，便藉武俠小說來澆胸中塊壘。本來明辨是非是人與生俱來的良知。小孩子看電影戲劇必先問這個人是好人或壞人，好人得勝，壞蛋被殺，小心靈中便得到無比的滿足。凡是强調獎善懲惡的作品，必然受人歡迎，就是這個道理。一般新小說故意誇大兩重人格，把書中主角寫得是非不明，善惡不分。結局不是善良者受苦受難，便是一個未知數。看的人自然不會過癮。

武俠小說中的主人翁，必有超人的毅力，必有意想不到的奇緣，這對作白日夢者又是一付興奮劑。和妄想買馬票致富同一心理。這種害人的東西，越禁越盛，說穿了，完全是人類的妄想和自欺心理在作祟。

今天要遏止這種歪風，只有兩條路：第一多翻印優良的舊小說以應急需；第二多寫主題顯明、筆調明快的作品。有了熊掌，連魚都不想吃了，誰還肯再啃「窩窩頭」！

語文學習的節省

黃　霧

人類的祖先原是羣居的爬樹動物。因爲羣居，才創造了語言；因爲爬樹使前面兩隻脚變爲手，才能使用和製造工具。有了「語言」和「工具」，人類始能從禽獸中脫穎而出。最初的語言不過只供互相達意之用，後來漸漸使思想得以累積和演進。一般獸類因語言簡陋、思想經驗不能累積，各種改造，每代都須從頭作起；而人類却是從前一代所已達到的一點出發，人類所以能成爲萬物之靈的最大關鍵就在於此。

因爲語言受時空限制，不能傳播久遠，於是人類又發明了表情達意的符號——文字。凡是自創文字的民族，他們最初的文字莫不是圖象的，六書中的「象形」「指事」「會意」便屬於這一類。等到圖象不夠應用了，漢語民族發明了「形聲」「假借」「轉注」，以濟其窮；其他語族却走上規定少數字母去拼音的路線。這是漢文既能存古又可創新的優點，也是漢文容易走上「語」「文」分歧的原因。

語言、文字都是隨時變化的，而且它還遵循着一個不講理的通例，那就是「積非成是」「約定俗成」。譬如，燃字加火、暮字加日，本來是畫蛇添足，可是大家都加了，你就非加不可。孟子說「牛羊父母」，是典雅的古文，你若說「猪狗父母」，便大逆不道，必須說「把猪狗給父母」才對。宋朝的「莫須有」是「或者可能有」，今天的「莫須有」是根本沒有。三代和秦漢文字不同，語言各異，漢代經學的古今文之分，並不在文字，而是在文法。古文經雖然原來是用籀文寫的，發現之後，還是改寫成隸書。實際上的分別是：今文經是用漢代通行的語法譯述古籍的微言大義，古文經仍然襲用了古代的文句；古文經用的是漢代的「文言文」，今文經用的是漢代的「白話文」。只要把戰國諸子所引用的尚書文句和今文尚書對照一下，便知吾言不虛。

漢唐以後，語文分歧；這在「老死不相往來」的農業社會，確實成爲團結中華民族的鎖鏈。儘管全國有數不清的方言，可是在「文同書」的條件下，大家永遠固結成一個文化團體。到了產業進步交通發達之後，社會分工更加細密，人與人之間的交往更爲頻繁；過去恃爲團結民族利器的「語文分歧」如今却成了團結的最大障碍。尤其自從廣播和錄音發明後，語言的效力無遠弗屆，語言的保存可以歷時久遠。過去「書寫的語言」（文）的優點，已爲「口講的語言」（語）所概括；過去在知識的傳授和文化的傳播方面，「文」比「語」重要，今天却是「語」比「文」方便。終老牖下的人們，一輩子打着鄉談，一點也沒有甚麼不方便；今天在這「天涯若比鄰」的時代，一國的語言不但須要統一，就是全世界語言的統一，也只是時間問題。國內「語」「文」既已分歧，世界上各地的語言文字又如此紛歧複雜。一個人大部分有用的時間都花在學習「語言」「文字」這些工具上去了，眞正求知識的時間反而所剩無幾。漢唐以來，我國文化進步緩慢的原因便在於此。

今天，一個中學生，既要學習現在通用的語文——國語（白話文），又要學習過去的語文（文言文），還要學習英語、法語、日語等外國語；差不多有一半以上的時間花到學習語文上去了，結果還是一樣都學不好。中國中學生和美國中學生課業負擔輕重之分在此。過去中國學生課程的內容只有一門「國文」，只要把「國文」學好了，幾乎便等於受完了全部教育。今天中國學生除了「國文」外還要學習許多其他的課程，便不能不改弦更張了。我以爲中學生只要能說「標準國語」，能用文字把「標準國語」正確地紀錄下來（作白話文），便已够了，不必個個人都花十幾年寶貴的時間來鑽研「古文」。一個人多花十年，六億人便多花六十億年，這是多麼大的浪費啊！

政府應該培養一批專門從事古代典籍研究的專家，用團體的力量，像唐人翻譯佛經一樣把古代經史子集都譯成白話文，讓每一個受過國民教育的人都有能力來閱讀。這在復興文化上，比提倡直接讀古書還要有效得多。政府應該培養一批精通外語的專家，用團體的力量，把各種外國有用的新舊書籍都譯成中文，好讓中國人不必學習外國語就能吸收外國的新知識。把學習語文的時間用到研究學問上去，在整個民族文化的進步上，該是多麼大的功德！

代跋：重生父母

浪子

十五年前，我在臺北某省中讀高一時，被班上幾個太保欺侮得忍無可忍；實在按捺不住，頂了他們幾句，竟被「修理」得鼻青眼腫。報告訓導處，誰知那位以「孔子第二」自居的訓導主任竟不許我申述，不問青紅皂白，給我記了兩大過兩小過，留校察看，還「票傳」家長到校「訓話」。爸爸也不問事實眞象，回家後又把我狠狠揍了一頓。爲了出這一口寃氣，我也經同學介紹，請另外一派太保幫忙。這樣，我便陷入萬刼莫拔的深淵；整天跟着一羣太保太妹，吸烟、撞球、逃學、打架、泡茶室。不久，我被開除了。待在家裡無所事事，遊蕩得更瘋野。向爸媽要不到錢時就設法偷，偷不到錢了，不管家裡甚麼東西都偷去典當花用；甚至下女的毛衣、客人的大衣、脚踏車，只要能拿到手，管他是誰的，先賣了快活快活再說。

家門不幸，出了我這個敗家子，父母的臉都給丟光了。第二年在爸媽的押解下，我考入了另外一所省中，不到一個月又被開除了，再轉入私立學校。如此這般，換了三四所學校，結果都免不了被開除的命運。臉皮拉破了，更肆無忌憚。父母的泣勸，親友的鄙視，老師的懲罰，一切都是「馬耳東風」。警察局成了我常去的地方，看守所成了我的公館。媽媽被我活活氣死了，爸爸灰心之餘，登報和我脫離父子關係。這時，我更成了沒有羈絆的野馬，胡鬧得更兇；終於因搶奪一個小學生的手錶，被判入獄八個月。在監獄中，我絲毫未受到感化的效果，反而結識了更多的壞朋友，學會了更多的犯罪技術。

刑滿出獄，在臺北混了一陣子，恰巧二叔的部隊調駐苗栗，憑人情面子，我挿入了某省中高二下。這時我作夢也沒有想到要「改過自新」，仍然我行我素；反而在苗栗開香堂、立碼頭，扯起旗號來大幹。入學不到三星期，就因吸烟、撞球、曠課，記大過一次、小過一次、警告一次，立刻名揚全校。教官把我叫到辦公室去，當衆把我過去的醜史一股腦兒抖了出來，訓導主任更立誓要在一個月內趕我滾蛋。「管他娘！」反正開除這又不是第一次；既然頂上了「太保」這個頭銜，就是想重新做人，也不會有人相信的。

最令人納悶的，是導師的態度。對於我的胡作非爲，他既不問，也不叫去「訓」，好像還不知道班上有我這號人物。我們的導師——朱老師，矮矮胖胖，大光頭，兩撇壽星眉，眼角下垂，笑口常開，活像彌勒佛。幾件破舊的衣服隨便往身上一套，落拓不羈，隨隨便便。除了上課外，口裡老是叼着一枝香烟；不管甚麼時候、在甚麼地方、碰見甚麼人，總是：「早！早！早！」對校長這樣、對工友這樣、對同學也是這樣。他擔任我們的歷史課，上課從不帶課本，兩支粉筆一張嘴；一開口便妙語如珠，逗得全班同學一會兒哄堂大笑，一會兒咬牙切齒。班上的氣氛，一會兒靜似太古，一會兒又花塢春曉。他一邊講，一邊把那些千頭萬緒，紛歧複雜的史事，在黑板上歸納成幾條綱要；聽起來熱鬧，記起來容易。就連我這上課如坐針氈的人，一上他的課，便覺得時光飛逝，五十分鐘好像只有五分鐘。他對難記的人、時、地，更有一套絕妙的辦法。例如夏朝始於公元前二一八三年，終於公元前一七五二年，他用諧音譯成：「二姨爬山，一氣無兒。」盤庚遷殷是在元前一三八四年，他把它說成十三路的巴士。有時又能觸景生情，信手拈來。如塞耳柱土耳其建國的西元一〇三八年，正好班上有十個女同學，他舉手一指，「十個三八」。他把需要記憶的東西，編成流行歌曲、蓮花落、流口轍，又好笑、又好記。他主張學問要活學活用，連放屁拉尿他都會講出一篇大道理；什麼屁的化學成份啦，伊麗莎白女王的「香屁」啦，明治天皇的「御瓦斯」啦！眞是天花亂墜。一說拉尿，他更引到牛頓的萬有引力，他說：「要是沒有地心吸力，我們還能拉尿嗎？」眞像他說的：「擔水砍柴無非妙道，牛溲馬勃皆是學問。」他的話，有時使你乍聽之下哄堂大笑，仔細一想却再也笑不出來；有時乍聽之下，並沒有什麼，再一想却令人忍俊不已。他對班上的事務更是熱心，同學的吃飯穿衣他都關切備至。奇怪！像我這樣的問題學生，犯了這麼多的過錯，他竟不問不聞，豈不叫人納悶？難道他認爲我不可救藥了嗎？

有一天早上，艷陽高照，奇熱無比，同學們都穿了單薄的衣衫到校。孰料一陣狂風，烏雲遮日，氣溫急驟下降，同學們都凍得發抖。一下課，班上的男女同學一窩蜂擁向老師宿舍，打開門，自己動手，翻箱倒櫃；毛衣、背心、西裝、大衣、棉毛衫，抓起來就往身上穿。恰巧下節是導師的課，他一進教室看見這個光景，很幽默地說：「我正要到刑警隊去報案，原來小偷都在這裡。」同學們一陣大笑。他一眼看見我還穿着港衫在那裡發抖，走過來把身上的外衣脫下來交給我說：「教室裡沒有衣架，你就作我的衣架吧！」在同學們的歡笑聲中，我穿上了還有老師身上餘溫的外衣，一陣溫暖，直上心頭。下課時我把衣服還給他，他說：「你這個衣架還算盡職，姑准留任一天。」這時，他自己也凍得鼻紅臉青。放學時，我本想親自去宿舍還衣服；可是恐怕「挨訓」，還是請同學代送回去。因爲我實在恨透了那些「作聖人狀」的「訓詞」。導師的宿舍，可說是班上同學們的俱樂部。那時他還是單身，不在家時，門上掛着一把對號鎖；可是那「九一八」的暗號，連我這新來乍到的人都知道了，別人就甭說了。同學們每天無事也跑三遍。上作文沒帶毛筆硯臺，到老師宿舍去找；肚子餓了，到宿舍內去「偷」東西吃；口渴了，到宿舍內去喝茶；沒有帶錢，去向老師借；女同學上體育，到宿舍裡去換衣服；好多同學的運動服就永遠寄存在老師那裡。只有我，那時還不想去。

星期六下午，許多同學圍着老師要求星期天帶他們到石觀音去遠足。老師先問有那些人去，等到他知道了全部要去的人的名單後，一本正經地板起臉來說：「不去！不去！」同學們發出了失望的嘆聲。鍾同學哀求着說：「去嘛！去嘛！為什麼不去呢？」「去！你看你們姓鍾的就有五個，姓朱的只我一個人；荒郊野外，萬一被你們打死扔在山溝裡，連個通風報信的人都沒有，不去！不去！」老師這樣一說，同學們一陣大笑。班上和老師同姓的只有我一個人，他們便跑來和我商量。本來我已經和幾個不三不四的朋友約好去新竹撞球，經不住同學們的勸說，勉强答應了和他們去走一遭。那眞是一個美好的春天；陽光普照，好鳥爭鳴；野花怒放，草木欣欣向榮，大地洋溢着一團春意。同學們一路上蹦蹦跳跳，唱呀，叫呀，活像籠子裡放出來的一羣快活的猴子，老師夾雜在中間叫着同學們的綽號，和這個講兩句，和那個開開玩笑；使人根本不覺得有老師同行的拘束，反而多了一個親密、有趣、知心的朋友。同學們手上都拎着大包小包的野餐，老師更提了一個特大號的紙包，有人搶着效勞，都被他拒絕了，他說：「你們都不可靠，給我偸吃了怎麼辦？」他看見我還空着雙手，回頭對我說：「來，給我拿着，還是本家比較可靠！」我眞受寵若驚。想當初在家裡時，連爸媽都把我當小偸防範，老師竟這樣信任我，頓使我覺得在人前也可以昂首濶步了。

老師的學識眞出奇地淵博，路旁的草花樹木，他都可以叫出名字，說出它們的習性和用途；還講了許多動植物新奇有趣而發人深省的故事，比課堂上的生物課有趣多了。途中在茶亭休息時，他掏出香烟換了一支，拿起烟盒來問同學：「你們誰來一支？」眞新鮮，老師居然向學生敬烟。一些不會吸烟的同學，故意伸手向老師討；唯有我這個「老槍」，却故作正經，其實烟蟲已在肚子裡鬧得天翻地覆。「大貓！來一支！不記你的過。」大貓，是班上同學給我新起的外號，不知怎麼連老師都知道了。我還想抵賴說不會吸，「管得寬」同學已接過一支，塞到我手中；我也就老實不客氣地當着導師面吸起來。大家的話題又轉到吸烟上來了：

「老師一天吸幾包？」同學問。

「兩包半。」

「吸了多久了？」

「整整二十五年。」

「吸烟有什麼好處嗎？」小黃鶯撒嬌地問。

「吸烟的好處可多着哩！第一，可以浪費錢財，使你破產；第二，可以得癌症，使你短命；第三，可以使你口臭，一輩子討人嫌；第四……」

「既然吸烟有這麼多的『好處』，老師爲甚麼不戒掉？」

「戒掉！談何容易，我已經戒了二十五年，戒了幾千萬次。每當我買到一包香烟時，就立志趕快把它吸光了戒掉，不再吸了；可是吸光還不到十分鐘，就忍耐不住，再去買一包；買了後，又想快點吸完再戒！」

這簡直在說我嘛，老師接着一個大轉彎：

「一個人若永遠作習慣的奴隸，便永遠沒出息！從明天起你們誰再看見我吸烟，就罰新臺幣二十塊。大貓怎麼樣，我們一齊戒好嗎？」在這種情形之下，我還能說「不」嗎？

行行重行行，到了石觀音，參觀過了地藏庵，便在澗畔茂林中野餐；大家圍坐在一起，拿出各人所帶的東西共同享用。老師也打開他那個大包。嘿！有小黃鶯最愛的口香糖，阿娘妹的酸梅，洋娃娃的陳皮梅，小牛的牛肉乾，博士的橄欖，這些都是他們最喜愛的東西。最後，老師拿起一個塑膠袋望着我說：「我不知道你喜歡甚麼？」「他喜歡吃狗屎！」管得寬又乘機開玩笑。「這就差不多！」老師一邊笑着一邊把那個紙包遞給我。打開一看，「啊！」竟是我嗜之如命的臭豆腐，上面還塗了辣椒醬。自從母親去世後，從沒有人爲我設想得這麼週到過。奇怪！老師怎麼知道我喜歡這個呢？而且這種東西當時在苗栗還沒法去買。老師自己根本又不吃這個。假若父親以前能這樣關照我，我也不會墮落到這個地步。

吃完飯後，大家閒談，由地藏庵談到地藏菩薩。老師又爲我們講目連救母的故事，講到悲切回家後，我仔細閱讀那本懺悔錄，起初還不怎麼，後來越看越入迷，整個心靈都被吸去了。書中主人翁的靈肉交戰，他的苦悶、他的墮落、他的掙扎，都是我的寫照。我用流淚的雙眼一口氣讀完那本書，不覺時光飛逝，抬頭一看，窗外已東方大白。雖然一夜未睡，我一點不覺得疲倦，反而如釋重負。踏着堅定而愉快的步伐上學。我以往竟沒注意到，一切竟是那末美好。老師們的面孔不再可怖了，課本也有趣了。我眞得新生了。

從此我也成了老師家裡的常客，因爲過去太荒唐了，功課荒疎得厲害。老師又常常叫我和班上功課最好的「鍾博士」一同做這做那；不久，我們成了好朋友，他幫我解決了功課上的許多難題。一年下來，我竟名列第五。我又成了爸爸的寵兒，親友間的驕子。相處久了，我對朱老師的認識也更深了，他是那末的率眞而熱情，平凡而偉大。跟他在一起，就會覺得安全、舒展，不由自主地打開心扉，接受他的教化。所謂「春風化雨」，大概就是這個樣子。他從不當衆訓人，更不會特地傳誰去問話，總是藉個機會，有意無意地加以規勸。他熟悉每一個同學的身世和個性，常因勢利導。他爲善不欲人知。貧苦的同學繳不起學費，他總是找他抄寫點什麼東西，付給最高的工資，還推說是別人要的，實際上錢是他出的，那些東西當廢紙賣都沒人要。只要同學們去找他，拉開話匣子，那可就精彩了。跟他一席話，眞是勝讀十年書。三叔在大學裡敎明史，有一次拜訪朱老師，兩個談起明史，一談就是四五個鐘頭。回家後，三叔一直讚不絕口。二叔常找朱老師聊北洋軍閥史，據二叔說，他從沒有碰到過這樣博聞强記，思想敏銳的人。但是朱老師一直默默地守着他的崗位，不求名、不求利，一切只求心之所安。在朱老師的雨露滋潤下，我完成了高中學業，又順利地進入大學。如今我也忝爲人師。要是當初沒有遇到朱老師，眞不知伊於胡底？生我者父母，教我者老師。朱老師眞是我的重生父母。

三民文庫已刊行書目（三）

71. 藝術與愛情	張秀亞著	小說
72. 沒條理的人①②	譚振球譯	哲學
73. 中國文化叢談①②	錢穆著	文化論集
74. 紅紗燈	琦君著	散文
75. 青年的心聲	彭歌著	散文
76. 海濱	華羽著	小說
77. 儍門春秋	幼柏著	散文
78. 春到南天	葉曼著	散文
79. 默默遺情	趙滋蕃著	短篇小說
80. 屐痕心影	曾虛白著	散文
81. 一樹紫花	葉蘋著	散文
82. 水晶夜	陳慧劍著	散文小說
83. 胡巡官的一天	金戈著	小說
84. 取者和予者	彭歌著	散文
85. 禪與老莊	吳怡著	哲學
86. 再見！秋水！	畢璞著	小說
87. 迦陵談詩①②	葉嘉瑩著	文學
88. 現代詩的欣賞①②	周伯乃著	文學
89. 兩張漫畫的啓示	耕心著	散文
90. 語小集	蕭冰著	散文
91. 社會調查與社會工作	龍冠海著	社會學
92. 勝利與還都	易君左著	回憶錄
93. 文學與藝術	趙滋蕃著	散文
94. 暢銷書	彭歌著	散文
95. 三國人物與故事	倪世槐著	歷史故事
96. 籠中讀秒	姚葳著	散文
97. 思想方法	秀河著	時評
98. 腓力浦的孩子	武陵溪著	傳記
99. 從香檳來的①②	彭歌著	小說
100. 從根救起	陳立夫著	論述
101. 文學欣賞的新途徑	李辰冬著	文學
102. 象形文字	陳冠學編著	文字學
103. 六甲之冬	沙岡著	小說
104. 歐氛隨侍記	王長寶著	遊記
105. 西洋美術史	徐代德譯	藝術

三民文庫已刊行書目（二）

36. 實用書簡	姜超嶽著	書信
37. 近代藝術革命	徐代德譯	藝術
38. 詩詞曲疊句欣賞研究	裴普賢著	文學
39. 夢與希望	鍾梅音著	散文
40. 夜讀雜記①②	何凡著	散文
41. 寒花墜露	繆天華著	小品文
42. 中國歷代故事詩①②	邱燮友著	文學
43. 孟武隨筆	薩孟武著	散文
44. 西遊記與中國古代政治	薩孟武著	歷史論述
45. 應用書簡	姜超嶽著	書信
46. 談文論藝	趙滋蕃著	散文
47. 書中滋味	彭歌著	散文
48. 人間小品	趙滋蕃著	散文
49. 天國的夜市	余光中著	新詩
50. 大湖的兒女	易君左著	回憶錄
51. 黃霧	朱桂著	散文
52. 中國文化與中國法系	陳顧遠著	法制史
53. 火燒趙家樓	易君左著	回憶錄
54. 抛磚記	水晶著	散文
55. 風樓隨筆	鍾梅音著	散文
56. 那飄去的雲	張秀亞著	小說
57. 七月裡的新年	蕭綠石著	散文
58. 監察制度新發展	陶百川著	政論
59. 雪國	喬遷譯	小說
60. 我在利比亞	王琰如著	遊記
61. 綠色的年代	蕭綠石著	散文
62. 秀俠散文	祝秀俠著	散文
63. 雪地獵熊	段彩華著	小說
64. 弘一大師傳①②③	陳慧劍著	傳記
65. 留俄回憶錄	王覺源著	回憶錄
66. 愛晚亭	謝冰瑩著	小品文
67. 墨趣集	孫如陵著	散文
68. 蘆溝橋號角	易君左著	回憶錄
69. 遊記六篇	左舜生著	遊記
70. 世變建言	曾虛白著	時事論述